Tucholsky Wagner Zola Scott Sydow Freud Schlegel
Turgenev Fonatne Wallace
Twain Walther von der Vogelweide Fouqué Friedrich II. von Preußen
Weber Freiligrath
Fechner Weiße Rose von Fallersleben Kant Ernst Frey
Fichte Richthofen Frommel
Hölderlin
Engels Fielding Eichendorff Tacitus Dumas
Fehrs Faber Flaubert
Eliasberg Ebner Eschenbach
Maximilian I. von Habsburg Fock Zweig
Feuerbach Ewald Eliot Vergil
Goethe Elisabeth von Österreich London
Mendelssohn Balzac Shakespeare Ganghofer
Lichtenberg Rathenau Dostojewski
Trackl Stevenson Doyle Gjellerup
Mommsen Tolstoi Hambruch
Thoma Lenz Hanrieder Droste-Hülshoff
Dach von Arnim Hägele Humboldt
Reuter Verne Hauff
Karrillon Garschin Rousseau Hagen Hauptmann Gautier
Damaschke Defoe Hebbel Baudelaire
Descartes
Hegel Kussmaul Herder
Wolfram von Eschenbach Dickens Schopenhauer
Bronner Darwin Melville Rilke George
Campe Horváth Aristoteles Grimm Jerome Bebel Proust
Bismarck Vigny Barlach Voltaire Federer Herodot
Gengenbach Heine
Storm Casanova Tersteegen Grillparzer Georgy
Chamberlain Lessing Langbein Gilm
Brentano Lafontaine Gryphius
Strachwitz Claudius Schiller Schilling Kralik Iffland Sokrates
Katharina II. von Rußland Bellamy Raabe Gibbon Tschechow
Gerstäcker
Löns Hesse Hoffmann Gogol Wilde Vulpius
Luther Heym Hofmannsthal Morgenstern Gleim
Roth Heyse Klopstock Klee Hölty Goedicke
Luxemburg Puschkin Homer Kleist
La Roche Horaz Mörike Musil
Machiavelli Kierkegaard Kraft Kraus
Navarra Aurel Musset Lamprecht Kind Moltke
Nestroy Marie de France Kirchhoff Hugo
Laotse Ipsen Liebknecht
Nietzsche Nansen
Marx Lassalle Gorki Klett Ringelnatz
von Ossietzky May Leibniz
vom Stein Lawrence Irving
Petalozzi Plato Knigge
Sachs Pückler Michelangelo Kock Kafka
Poe Liebermann Korolenko
de Sade Praetorius Mistral Zetkin

Der Verlag tredition aus Hamburg veröffentlicht in der Reihe **TREDITION CLASSICS** Werke aus mehr als zwei Jahrtausenden. Diese waren zu einem Großteil vergriffen oder nur noch antiquarisch erhältlich.

Symbolfigur für **TREDITION CLASSICS** ist Johannes Gutenberg (1400 — 1468), der Erfinder des Buchdrucks mit Metalllettern und der Druckerpresse.

Mit der Buchreihe **TREDITION CLASSICS** verfolgt tredition das Ziel, tausende Klassiker der Weltliteratur verschiedener Sprachen wieder als gedruckte Bücher aufzulegen – und das weltweit!

Die Buchreihe dient zur Bewahrung der Literatur und Förderung der Kultur. Sie trägt so dazu bei, dass viele tausend Werke nicht in Vergessenheit geraten.

Der Dorfkrieg

Heinrich Schaumberger

Impressum

Autor: Heinrich Schaumberger
Umschlagkonzept: toepferschumann, Berlin

Verlag: tradition GmbH, Hamburg
ISBN: 978-3-8495-3188-1
Printed in Germany

Text der Originalausgabe

Heinrich Schaumberger.

Der Dorfkrieg.

Wolfenbüttel, 1905.
Verlag von Julius Zwißler.
(Gesammelte Werke, Dritter Band.)

»He, Kasper, so wache doch auf!«

»Laß mich in Fjieden,« knurrte der im Schlaf Gestörte ärgerlich. »Was willst?«

»Ich habe keine Ruhe,« entgegnete der Schneidersheiner. »Denk doch: 's ist heute schon der dritte Kirmestag und noch nicht einen dummen Streich hat's gegeben. Das ist keine Art! – So hör doch, – mir ist grad ein Gedanke gekommen! – 's ist nicht mehr weit vom Tag, – wie wär's, wenn wir in aller Stille die Musikanten zusammentrommelten und auf meinem Paten-Hausdach den Morgen anbliesen?«

»Die Sache wär authientisch,« erklärte der Bergkasper, der nun auch vollständig ermuntert um sich schaute. »Dann müssen wij abej bald Anstalt tjeffen, sonst ist's zu spät! – Abej, Heinich, Heinich, was wijd dein Pat dazu sagen? Nimm dich in acht, e könnt's kjumm nehmen!«

»Ach was,« lachte Heiner. »Lärmen wird er freilich, – das ist eben der Witz, aber ernstlich bös wird er nicht, er müßte ja nicht der Zipfelschneider sein! Donnerwetter, werden die Buchbacher auffahren, geht droben die Musik los! Auf jetzt, wecke die Musikanten auf dieser Dorfseite, ich hole die über dem Wasser, im Schrot hinter meinem Patenhäusle kommen wir zusammen. Vorwärts!«

»Ist schon jecht,« lachte Kasper, nahm seine Klarinette vom Nagel und schlüpfte hinter dem Schneidersheiner die Treppe hinab.

Noch war es dunkel, aber ein heller Streifen über dem nahen Waldgebirg verkündete den erwachenden Morgen. Im Dorf war es tief still, selbst die Mühle war gestellt, und das Wasser schäumte über das Wehr in den sonst leeren Abzugsgraben; nur die Hähne krähten, da und dort bellte ein Hund. Leise flüsterte der Morgenwind in den Baumkronen und trug von den Wiesen süßen Heugeruch herein; vom kranzgeschmückten Plan dufteten die Blumen stark und die Seidenbänder rauschten. Im Wald dicht über dem Dorf erwachten die Vögel, starker Tau lag auf den Büschen und dem rotköpfigen Klee. Ein Hase tauchte plötzlich aus den Blumen auf, arbeitete mit den Löffeln, dann floh er den Hang hinan, daß der Tau wie ein Staubregen umhersprühte, Erde und Steine in die Tiefe prasselten. Gleich danach rauschte und krachte es in den Büschen, unterdrücktes Lachen ward laut, vorsichtige Schritte kamen näher. »In's Kuckucksnamen, was soll das einmal wieder bedeuten?« zankte der Zimmerdick mit unterdrückter Stimme. »Was habt ihr wieder für eine Narrheit vor?«

»So seid doch gescheit,« zankte der Heiner ebenso. »Seht Ihr nicht, daß es auf einen Spaß abgesehen ist? – Vorwärts, – das Leiterle reicht eben, jetzt fix aufs Dach!«

»Und meinst du, ich werd für nichts und wieder nichts dem Zipfelschneider sein Dach in Gefahr bringen? Nichts da, du Hansdampf! Ich geh heim! Und läßt du dir nochmal beikommen, mich solcher Nichtsnutzigkeit wegen aus den Federn zu jagen, rede ich anders mit dir!«

»So? Ihr wollt fort? Den Spaß verderben? – Zimmerdick, von Euch hätte ich auch was anders erwartet! – Ist das Musikantenart?« zankte der Heiner.

»Er hat recht,« stimmte Hansaden bei. »Marsch vorwärts, Dicker, das Dächle wird dich wohl tragen. Ein Musikant muß alles mitmachen. Vorwärts, Kasper, geh voraus, du bist ja solch ein Dachreiter!«

*

»Hörst nichts, Alte?« fragte der Zipfelschneider, richtete sich horchend im Bett auf und schob die weiße Zipfelmütze, der er seinen Beinamen verdankte, auf den Hinterkopf.

»War mir auch so, als hörte ich was. – 's werden Mäuse sein! – Leg dich und laß mich in Ruh!«

»Mäuse? – Klappern Mäuse mit Ziegeln?«

»Ach du Herrjedig,« rief nun auch die Schneiderin und fuhr erschrocken auf. »Spitzbuben, – Räuber, Mörder! – Schneider, geh 'naus, du bist der Mann!«

»Alte, sei nicht dumm! Spitzbuben am hellen Tag? Nichts da! – Aber Herr meines Lebens! Was war das?« rief er, als es auf dem Dach prasselte und krachte. »Alte, – Alte, – um tausend Gottes willen, – ein Erdbeben, – unser Schlot ist hinüber, und wir sind geliefert!« Hastig fuhr er in seine Kleider, während die Schneiderin jammernd unter die Decke kroch und ihre Seele Gott befahl. Schon wollte der Schneider Mut fassen, als er aufs neue erschrak. In der Ferne ertönte Musik, so wunderbar und seltsam, wie er sie noch nie gehört; die Töne schienen aus der Luft zu kommen, durch die Decke zu dringen. Starr vor Staunen lauschte der Schneider. Plötzlich ging ein Zittern durch seine Glieder, seine Augen füllten sich mit Wasser, langsam nahm er die Zipfelmütze ab, preßte sie zwischen die gefalteten Hände und sagte mit gebrochener Stimme: »Alte, steh auf und mach dich fertig, – der jüngste Tag ist da! – Hörst du die Posaune des Gerichts?«

Den Jammer der Schneiderin übertönte ein ärgerliches Brummen in der Nebenkammer, die der Zipfelschneider seinem Schwager, dem Sülzdorfer Schneidersnikel, zum Nachtquartier während der Kirmes eingeräumt hatte. Die Kammertür knarrte, in der Stube ward ein Fenster geöffnet, und der Schneidersnikel rief hinaus: »seid ihr denn gar verrückt worden? – Wollt ihr gleich vom Dach 'runter? – Geht heim, legt euch aufs Ohr und laßt andere Leute auch ausschlafen!«

»Guten Morgen, Zipfelschneider,« rief es jetzt vielstimmig aus der Luft herab, gleich darauf begann ein lustiger Galopp. Der Schneidersnikel schloß das Fenster und schlich brummend in seine Kammer zurück.

Mit tiefem, befreiendem Seufzer hatte der Zipfelschneider dem Gespräch gelauscht, statt aber, wie seine Annekunnel, ein herzliches Dankgebet nach oben zu senden, geriet er in heftigen Zorn. »Daß dich der Hund beißt! So was ist doch unerhört,« schalt er, während die Musik lustig fortklang. »Ich bin der Zipfelschneider, ein Mann, der in die Welt paßt! Ich versteh Spaß und weiß, was sich schickt! Aber das ist übertrieben, nicht zu erleiden! Ich wollt nichts sagen, daß die Racker 's ganze Dach ruinieren, – aber die Leut so zu erschrecken, so! – Ich bin doch der Zipfelschneider, ein Mann, der in die Welt paßt, bin weit 'rumkommen im Reich, hab meinen Mann gestanden im Krieg und Frieden, – aber so hat mich noch nichts erschreckt, 's ist mir ordentlich in die Glieder geschlagen. Aber nur Geduld, der Gesellschaft will ich zeigen, mit wem sie's zu tun hat!«

»Ach Alter, sei stet! 's ist halt ein Kirmesspaß und Musikantenstreich! Mach keinen Lärm, unser Pat, der Heiner, wird doch auch dabei sein! Komm, leg dich noch ein linsele; wenn sie merken droben, es achtet niemand auf ihren Unverstand, werden sie am ehesten vernünftig.«

Allein der zornige Alte achtete nicht auf den Rat seiner Annekunnel, er rannte hinaus in den Hof und starrte aufs Dach, – richtig! Wie eine Reihe Hühner saßen die Musikanten auf dem First. Zornig schüttelte der Zipfelschneider die Faust nach den ungebetenen Gästen; seine Drohworte jedoch verhallten ungehört, denn vom Dach herab klang gar lustig die Melodie: »alle lust'gen Brüder, die leben so wie ich und du!« – Das war sonst wohl des Schneiders Leiblied, er hatte sich's manchen Siebenbätzner kosten lassen, daß es ihm die Musikanten recht oft vorspielen mußten, heute aber verfehlte es ganz seine Wirkung. Der Schneider ward immer zorniger, schrie sich fast heiser, focht und gestikulierte mit Armen und Händen, – umsonst, die Musikanten rührten sich nicht, recht wie zum Hohn klang es fort und fort vom Dach nieder: »Alle lust'gen Brüder, die leben so wie ich und du!«

Unterdes ward es vollständig hell, zahlreiche Zuschauer, – voran natürlich Planbursche und Planmädchen, – sammelten sich, und ihr Gelächter brachte den Zipfelschneider vollends außer Fassung. Sein Schwager, der Schneidershannikel, sah wohl ein, daß es nun Zeit sei, der Sache ein Ende zu machen; auch Annekunnel bat ihn, doch ihrem Gottfried beizustehen. So brannte er seine Pfeife an, lehnte sich behaglich über die Brüstung des Treppenvorbaues, winkte Gottfried heran und sagte eifrig: »Schwager, ins Kuckucks Namen, was machst du doch für Streich? Läßt dich auslachen und kränkst die Musikanten, die's so gut meinen und dir 'ne Ehr antun wollen? – Gleich sei vernünftig und red, wie sich's gebührt!«

»Ist's auch gewiß? – Ich meine mit der Ehr?« fragte Gottfried mißtrauisch.

»Sei nur nicht närrisch! Meinst, der Zimmerdick kriecht für nichts und wieder nichts auf deinem Dach 'rum? – Ein anderer gäb wer weiß was darum, könnt er das von uns erlangen. Drum red ein vernünftig Wort, zeig's, daß du ein Mann bist, der in die Welt paßt; laß die da droben sich nicht erst die Lunge trocken blasen!«

»Hör, du hast recht! Beweisen will ich: ich bin der Zipfelschneider, ein Mann, der in die Welt paßt. Sag meiner Alten, – da ist sie ja: – trag du Brot, Butter und Käs auf, wir müssen's den Buchbachern zeigen, was sich schickt. Heda, Wirt,« wendete er sich an diesen, »fix, hol einen ›gädlichen‹ Gießer Bier. Ihr aber da droben, macht mir und meiner Alten noch einen anmutigen Walzer, dann geht 'rein, ihr sollt euch meinetwegen nicht umsonst geplagt haben!«

Die Musikanten machten lange Hälse nach dem Zipfelschneider, – der Gänskasper wäre um ein Haar hinabgerutscht. Als sie nun die Bierbestellung und die freundliche Einladung vernahmen, brachen sie in ein lautes Hallo aus, und ihr schönster Walzer klang über das Dorf. Bald keuchte der Wirt mit vollem Gießer die Höhe herauf, und der Zipfelschneider rief: »so, 's ist genug jetzt! Geht 'runter und nehmt vorlieb!«

»Wä' schon jecht,« entgegnete der Bergkasper. »Abe' wie kommen wi' junter? Das Dach ist vedammt jutschejig (rutscherig)!«

»So deckt's ab und steigt in den Boden, – da seid ihr gleich an Ort und Stell,« lachte der Schneidersnikel, in dem der Schalk erwachte.

Das war freilich dem Zipfelschneider nicht recht, sein Einspruch kam jedoch zu spät, schon war eine Reihe Ziegel abgehoben und die Musikanten verschwanden in der Lücke. Kaum fühlte der Bergkasper festen Boden unter den Füßen, so stimmte er das Lied an:

So leben wi, so leben wi, so leben wi alle Tage
in de allejschönsten Saufkompagnie!

Nach und nach, wie sie eben die Diele des Bodens erreichten, fielen die übrigen Instrumente ein, und mit einem Lärm kamen die Gäste die Treppe herab, daß in Wahrheit die Wände zitterten.

»Herrjele, ach Herrjele,« rief die Hausfrau und rang die Hände. »Vettermänner, Vettermänner! – Dumm und taub wird man, und die Hühner sind schon ganz rebellisch! Ach du meine liebste Güte im Himmel und auf Erden, – so hört nur um Gottes willen auf zu wirtschaften!«

Lange dauerte es, bis ihre Stimme durchdrang und einige Stille eintrat. Nur Hansaden, den die Posaune im Absteigen hinderte, schmetterte noch lange einsam droben auf dem Boden fort.

*

»Höre, Kasper,« meinte der Zimmerdick, als die Musikanten um den Tisch gereiht sich das Frühstück schmecken ließen, »du solltest auch ein Bier zum besten geben, denn was du heute warst, wirst du vielleicht dein Lebtag nicht wieder.«

»Und was wa' ich?« fuhr der Bergkasper gereizt auf.

»Hausbesitzer,« entgegnete der Zimmerdick ruhig. Ohne sich an das Knurren Kaspers, das Gelächter der Musikanten zu kehren, wendete er sich an den Hausherrn: »aber hört, Gottfried, was hattet Ihr doch gestern mit den Windsbergern? Besonders an den Schulz sollt Ihr hart geraten sein! Was ist das? – Waret doch von jeher gut Freund zusammen!«

»Ja, das waren wir, wahrhaftig, das waren wir,« sagte der Hausherr und nahm die Pfeife aus dem Mund. »Bei Gott im Himmel, bessere Freunde hat's auf der Welt noch nicht 'geben! Und warum sollten wir's nicht sein? Waren wir nicht Anno 13 und 15 zusammen ausmarschiert? Haben wir nicht miteinander Mainz belagert und zweimal den Napolium aus Frankreich gejagt?«

»Drum eben,« entgegnete der Zimmerdick und blickte teilnehmend auf den Alten, der die Strumpfkappe abgenommen hatte und sich damit die Augen wischte. »Drum eben bin ich so verwundert! – Was brachte euch auseinander?«

»Ein schändliches, niederträchtiges Unrecht! Habt Ihr noch nichts von der Geschichte gehört?«

»Kein Wort! – Ihr seht meine Verwunderung! – Erzählt doch, was ist's?«

»Nu, dann müßt Ihr in Eurem Bergheim auch gar nichts erfahren, – die ganze Welt ist voll von der Geschichte, – Ihr kennt doch mein Äckerle droben im Windsberger Flur?«

»Ei freilich,« rief der Wasserfuchs. »Gleich am Berg liegt's und stößt an dem Windsberger Schulzen sein Stück Schwarzholz, wüchsige, starke Stangen!«

»Jawohl, der Meinung war ich auch, die Büsche gehören dem Windsberger Schulzen, und mein Vater selig wußt's auch nicht anders. Aber nun denkt euch, ihr Männer! Wie die neuen Flurbücher angelegt und die Grundsteuerkataster geregelt werden, stellt sich heraus, mein Äckerle und das Strichle Holz gehören seit undenklichen Zeiten zusammen, und hätte danach das Holz schon meinem Vater selig zukommen müssen!«

»Nu, das ist aber stark,« rief der Zimmerdick.

»Gelt, Ihr sagt's auch? Ja, – ich war rein verdonnert, wie mir der Amtmann die Sach mitteilt. Nu denk ich aber in meinen Gedanken, 's ist besser, als wär die Geschicht umgekehrt! – Der Schulz hat freilich seit langen, langen Jahren den Genuß aus dem Hölzle gezogen, aber was tut's? Reich ist er davon nicht geworden, mein bester Freund ist er auch, also werd ich keinen großen Spermang machen, ich bin der Zipfelschneider, ein Mann, der in die Welt paßt! – Der Schulz tritt mir das Hölzle ab und was vergangen, nun das ist eben vergangen! So denk ich in meinen Gedanken und freue mich schon auf die Freude, die ich beim Schulzen anrichten werd, und auf die Herrlichkeit, die sie mit mir anstellen werden, wenn ich sag: »hör, Schulz, so und so und hott und har (hin und her, eigentlich links und rechts), und drum wollen wir Freunde bleiben und kein Aufhebens machen und so weiter! – Ja, – verlaß sich heutzutag eins auf seine Gedanken! Kaum erblickt er mich, ist der Schulz auch schon rein zum Häusle 'naus; eh ich nur zu Wort komme, schreit er mich an: ›nichts ist's und nichts wird's! Das Hölzle ist mein und bleibt mein, und solang ich einen Heller in der Tasche hab, geb ich keinen Zoll Boden her. Und zwischen uns ist's aus, rein aus; such dir deine Freund, wo du willst, mich brauchst nimmer dazu zu rechnen!‹ – Das war mir nun auch zu stark. Das wegen dem Hölzle hab ich ihm nicht übel genommen, kein Mensch verliert gern sein Eigentum, wär mir wahrscheinlich an seiner Stelle auch so gewesen, wie eben jetzt ihm. Aber daß er mir so ripsraps die Freundschaft aufkündigt, da er noch gar nicht weiß, wie ich gesonnen bin und was ich ihm für Vorschläge machen will, das ist mir zu Kopf gestiegen. Ich antworte, wie mir ums Herz ist, und so folgt ein Wort dem andern, eine Red gibt die andere, bis mir endlich der Schulz die Türe weist und wir in voller Feindschaft auseinandergehen. Im hellen Zorn laufe ich nun stracks ins Amt und verklag den Schulzen; in der Tür begegnet mir der Schulz, der das Gleiche vorhat, – und nun ist gar der Haß fertig.«

»Euch wenigstens ist es nicht zu verdenken, wenn Euch das Häfele überkochte,« sagte Hansaden. »Der Schulz wird nun auch nicht schlecht heimgeschickt worden sein?«

»So hab ich's auch erwartet, – aber verlaß sich heutzutage eins auf seine Gedanken. Nichts ist's mit meiner Sach, das Amt weiß sich selber nicht zu raten, so kriegen die Advokaten die Geschichte unter die Klauen, und ein Prozeß ist fertig; wie groß, wie er enden wird, das weiß allein der Herrgott!«

»'s Donnerwetter,« schrie der Wilde, »das ist mir ein schöner Kram! Wozu hat man die Obrigkeit, wenn sie einem nicht zu seinem Recht verhilft?«

»'s ist bei Gott 'ne bedenkliche Geschichte,« sagte der Zimmerdick. »Da weiß man nimmer, was man sagen soll. Nach meinem Verstand ist doch die Sache so klar und einfach, ein Blinder muß sie einsehen, und nun macht das Amt erst solche Wirrnis draus? Das ist ja, wenn man's recht betrachtet, schlimmer wie schlimm; kein Mensch ist ja mehr seines Eigentums sicher. – Ja, was ich sagen wollt: was gibt der Schulz eigentlich vor?«

»Was weiß ich? Er behauptet, so mir nichts, dir nichts könnten seine Vorfahren nicht in den Besitz getreten sein, das würden meine Vorfahren nicht ruhig haben geschehen lassen. In alter Zeit habe man's mit den Geschriften nicht so genau genommen, und so sei wahrscheinlich der Eintrag eines Kaufes oder Tausches ins Flurbuch unterblieben. – Ja, mein Anspruch auf das Holz wäre als verjährt schon längst abgewiesen worden, hätte sich nicht herausgestellt, daß meine Vorfahren und ich bis auf den heutigen Tag für das Waldstück die Grundsteuer bezahlt haben. Das ist ein böser Haken für den Schulzen, über den er nicht so leicht wegkommt, – trotzdem hat mein Advokat keine Freude an dem Handel und mahnt zum Vergleich. Aber wie kann ich mich vergleichen, nachdem mich der Schulz so gekränkt hat?«

»Was? – Auch die Steuer noch mußtet Ihr für das Grundstück bezahlen?« schrie Hanshenner, dunkelrot vor Zorn. »Was? – Die Steuer bezahlt, und nun sollt Ihr dennoch abgewiesen werden? Da hört doch alles auf! – Wo ist da die Gerechtigkeit?«

»Das ist starker Tabak,« fiel auch der Wasserfuchs ein. »Gottes Donner auch 'nein! Wär mir das passiert, ich ertrüg's nicht so geduldig wie Ihr, Zipfelschneider!«

»'s Donnerwetter, windelweich schlüg ich den Schulzen,« schrie der Wilde.

»An den Herzog, an König und Kaiser ging ich,« versicherte der heißblütige Hanshenner. »Nicht ruhen tät ich, bis der Hallunke säße, wo er hingehört!«

»Nur stet,« mahnte der Zimmerdick. »Das ist all Geschwätz! Freilich versteh ich auch, wie Ihr, Gottfried, gestern an den Schulzen geraten konntet!«

»Ich an ihn? Ach, ich wollt, ich könnt so recht gegen ihn losfahren, aber das ist ja mein Elend, ich kann nicht, ich kann noch immer unsere alte Freundschaft nicht vergessen und meine immer, über kurz oder lang müssen wir wieder zusammenkommen. Freilich sieht's nicht danach aus! Weiß der Kuckuck, was den Schulzen anficht, er war gestern ganz desperat; behandelt hat er mich, 's ist unerhört und ich seh's kommen, daß mir die Gall auch noch im Ernst aufsteigt. Denkt an, hat er mir gestern ganz ernstlich gedroht: ›und wenn ich in allen Instanzen verspiel, dir tu ich doch noch einen Possen! Einen leeren Steinrangen tret ich dir ab, vor der Nase putze ich dir noch die Büsche weg!‹«

»Das ist freilich viel,« sagte der Zimmerdick. »In den Schulzen muß ein reiner Teufel gefahren sein!«

»Und das nehmt Ihr so geduldig hin? Auch das noch steckt Ihr ein?« schrie Hanshenner und schlug auf den Tisch. »Zipfelschneider, ich sag nichts, aber an Eurer Stelle wüßt ich, was ich tät!«

»'s Donnerwetter, ich auch,« lärmte der Wilde. »Ich wollte warten, bis die Federfuchser ein End finden? – Oha! Keinen Tag ließ ich's anstehen! Vor der Nase legte ich dem Schulzen die Stangen um!«

»Die rechte Antwort wär das auf seine Grobheit,« sagte Hansaden zustimmend.

»Das würde ihm die Augen aufmachen,« meinte der Wasserfuchs. »Potz Schweden, er wüßt dann, mit wem er zu tun hat!«

»Nieder mit dem Holz, das sag ich, aber gleich,« schrie Hanshenner. »Was schert Ihr Euch um die Schnurrpfeiferei der Advokaten? Das Recht ist auf Eurer Seite! Zeigt's dem Schulzen und den Amtskerlen, daß Ihr auch wißt, wo Barthel den Most holt!«

»Zum Kuckuck auch, Ihr habt recht,« sagte der Schneider, dessen Wangen sich röteten. »Das Holz umlegen, das wär doch gleich 'ne richtige Handlung. – Hm, hm, – die Sach geht mir stark im Kopf herum! – Jedoch aber, – es hat doch auch seine Bedenken und kann mir die Suppe erst versalzen. – Hm, hm, – verdient hätt's der Schulz zehnmal!«

»Nur stet, nur stet,« suchte der Zimmerdick zu beschwichtigen. »Solche Gewaltsamkeiten haben noch niemals zu einem guten End geführt!«

»Das sag ich auch,« fiel Hansaden ein. »Aber wie die Sachen hier liegen, möchte ich doch nicht geradezu abreden. Sonnenklar ist das Recht des Zipfelschneiders, das Holz ist ja eigentlich so gut wie sein Eigentum, was er damit anfängt, ist seine Sache. Obendrein hat der Schulz gedroht, – wer kann's dem Gottfried verübeln, wenn er seinem Widerpart zuvorkommt, das Gewisse fürs Ungewisse nimmt?«

»Hansaden, das ist ein Wort! So wahr ich der Zipfelschneider bin, das ist mir einleuchtend!«

»Gottfried, nimm dich in acht,« warnte der Gänskasper. »So habe ich auch gedacht, wie damals der Lärm mit den Gänsen losging. Hilft mir niemand zu meinem Recht, so helf ich mir selber, denk ich, und werf die Gäns tot, die in mein Wiesle laufen. Ich habe aber ein garstig Haar in der Geschichte gefunden, – ich werfe mein Lebtag nach keiner Gans mehr!«

»Was paßt das daher,« lärmte Hanshenner hitzig. »Gäns und Holz ist zweierlei!«

»Und ich sag jetzt selber, Schwager, die Drohung von dem Windsberger Schulz darfst du nicht einstecken, willst du nicht deine Ehr und Reputation aufs Spiel setzen,« rief nun auch der Schneidershannikel. »Nieder muß das Holz, das sag ich, – und du weißt, ich überlege meine Reden!«

»Wenn du selber meinst, Schwager, wird mir die Sach immer ein-leuchtender! – Hätt wahrlich starke Lust! – Der Schulz tut auch gar zu greulich gegen mich!«

»Nieder mit dem Holz,« schrie Hanshenner. »Ihr könnt und Ihr dürft gar nicht anders, Gottfried, Ihr seid's Euch und Euren Leuten schuldig, daß Ihr Euer Eigentum in Sicherheit bringt. Nieder mit dem Holz, – lieber heut wie morgen!«

»Pat,« schrie plötzlich der Schneidersheiner dazwischen. »Hol mich der Geier, wenn's nicht das Gescheiteste ist. Ihr macht gleich heut das Holz um, gleich jetzt! – Solch günstige Gelegenheit findet sich nicht wieder! Die Buchbacher sind daheim, haben Zeit, – um ein Fäßle Bier zieht die ganze Mannschaft aus, und in ein paar Stunden ist's getan. Nehmt Ihr noch die Musik mit, wird's eine Hauptgeschichte, von der man noch lange redet!«

»Heiner, Heiner,« warnte der Eckenpeter. »Was wohl die Schul-zenkarline sagte, hätte sie das gehört?«

Heiner setzte erschrocken das Bierglas ab; im Eifer hatte er ganz vergessen, daß der Streich seinem künftigen Schwiegervater gelte. Gerne würde er eingelenkt haben, aber es war zu spät, niemand hörte auf ihn. Der Zipfelschneider nahm seine Zipfelmütze ab und setzte sie fester wieder auf, – ein Zeichen fester Entschlossenheit, – und rief: »In Gottes Namen denn, – es mag so geschehen! Nicht um des Spaßes und Geredes willen, sondern weil sich solche Gelegen-heit in Wahrheit nicht wieder findet, und weil, will ich dem Schul-zen zuvorkommen, ich nicht lange fackeln darf; – er tut's auch nicht. Erfährt er erst unser Gespräch, – dann sitze ich gewiß hintenan! – Vorwärts denn! Ihr Musikanten geht mit, damit's ein Ansehen hat und nicht heißt, ich habe mir heimlich wie ein Spitzbube mein Ei-gentum geholt! – Fort, ihr Jungen, bietet die Mannschaft auf, vor dem Dorf kommen wir zusammen.«

Der Zimmerdick schüttelte zwar noch den Kopf, allein so ganz verwerflich erschien ihm die Tat nicht mehr; der Drohung des Schulzen gebührte allerdings eine ernstliche Abfertigung; so redete er wenigstens nicht mehr ab. Als der Zipfelschneider mit dem Beil unter dem Arm das Haus verließ, zupfte ihn seine Annekunnel: »Tu's nicht, Gottfried, tu's nicht! Mir schwant, es nimmt einen übeln

Ausgang! Weißt du denn, ob's auch dem Schulzen Ernst war mit seiner Drohung?«

Gottfried sah der Annekunnel starr ins Auge, schüttelte dann den Kopf. »Davon verstehst du nichts, Alte! Laß mich nur machen! Ich bin der Zipfelschneider, ein Mann, der in die Welt paßt! – Ich werde die Sache durchführen, daß ich vor Gott und der Welt bestehen kann!«

So ganz sicher mußte er aber doch nicht sein; nachdenklich folgte er den mit Äxten bewaffneten Buchbachern, die unter den Klängen eines munteren Marsches jubelnd die Windsberger Hohlgasse hinaufzogen. Als sein Blick auf das bekränzte Bierfäßchen fiel, seufzte er: »Noch solch ein Fäßle gäbe ich drum, könnte ich zurück!«

*

Die Windsberger Gemeinde, – sie bestand nur aus vier Haushaltungen, – lag noch im tiefen Schlafe. Auf der Kirmes waren die Männer gestern wegen des strittigen Waldes mit den Buchbachern in Zwist geraten, und der zungenfertige Zipfelschneider machte ihnen viel Not; im Zorn tranken sie mehr, als sie vertragen konnten, und erholten sich nun noch von den Leiden einer beschwerlichen Heimfahrt. Nur der Schulz warf sich unruhig auf seinem Lager umher; böse Träume quälten ihn; als er in Schweiß gebadet erwachte, spannen seine Gedanken die Traumbilder weiter fort und scheuchten den Schlaf von seinen Augen. So hart er sich stellte, er konnte den Verlust des alten Freundes auch nicht verschmerzen; je mehr er ihn öffentlich kränkte und beleidigte, desto herzlicher sehnte er sich im stillen nach Aussöhnung. Und heute besonders quälte ihn eine dunkle, gestaltlose Vorstellung eines gestern verübten, ausbündig dummen Streiches. Als nun gegen Morgen die Kirmesmusik so lustig von Buchbach heraufklang, vermehrte das sein Unbehagen; mit einem derben Fluch auf die verrückten Buchbacher drehte er sich auf die andere Seite und schloß die Augen. Nicht lange währte seine Ruhe; träumte er oder kam wirklich die Musik näher und näher? Horchend setzte er sich im Bett auf, – kein Zweifel, die Musik war schon auf Windsberger Flur, so klar konnte man sie auch bei günstigstem Wind nicht von Buchbach vernehmen. Was wollten die Buchbacher im Flur? – Denn daß zahlreiche Gesellschaft die Musikanten begleitete, hörte er am lauten Jubeln und Lachen. – Jetzt mußten sie droben auf der Waldecke sein, – richtig, dort machten sie Halt! – Aber was war das? – Ein Stich ging ihm durch den wüsten, schmerzenden Kopf; die schallenden Axthiebe, das Krachen und Rauschen niederbrechender Bäume verscheuchten blitzschnell den Taumel, der während der Nacht seine Gedanken gefangen gehalten. Klar stand ihm seine gestrige »Dummheit« vor Augen; gedroht hatte er dem Zipfelschneider: verspiel ich, schlage ich Euch das Holz vor der Nase nieder!« – War das jetzt die Antwort des Zipfelschneiders auf seine unüberlegte, nicht von weitem ernstlich gemeinte Drohung?

Unterdessen, so sehr er sich die Augen rieb, die Axthiebe schallten fort, das Krachen und Rauschen ward stärker. Was es auch sein mochte, Gewißheit mußte er haben. Leise, leise, – die Bäuerin nicht zu wecken, – schlich er in die Knechtskammer, rüttelte den Knecht wach und sagte: »Hansmichel, um tausend Gottes willen, steh geschwind auf und lauf ins Holz. Lauf, was du vermagst, ich vergeh vor Angst!«

Der Knecht machte große Augen, gehorchte jedoch unverzüglich. Bald kehrte er zurück und berichtete atemlos: »Herr, in Eurem Holz geht's drunter und drüber! Die ganze Buchbacher Gemeinde ist auf den Beinen, voran der Zipfelschneider; tut Ihr nicht bald Einhalt, ist's um das Hölzle geschehen!«

Unbemerkt war die Bäuerin eingetreten und sagte: »So! Da hast du's, und recht geschieht dir! O du altes Plappermaul! Dacht ich doch gleich, aus dem Lärm wird neues Unheil erwachsen! Gott im Himmel, ist das ein Elend mit solch querköpfigem Mannsvolk! Wirst du denn nicht einmal gescheit werden, du alter Hansjörg du? Erst, statt dich in der Güt mit dem Zipfelschneider zu vergleichen, fängst du den unsinnigen Prozeß an, – die Gänge allein, die er dich schon gekostet hat, bezahlt das ganze Hölzle nicht, – und nun reizst du auch noch den Zipfelschneider, der ein ganz anderer Mann ist wie du, mutwillig zum äußersten! – Ach, ich möcht manchmal in den Erdboden versinken! Wenn du so fortfährst, was wird's mit uns noch für ein End nehmen?«

»Alte, jetzt bist du still, so laß ich mir nicht kommen! Potz Velten und Bastel, ich bin der Schulz von Windsberg, ein Mann und bedeut was!«

»Was du bedeutest, wird der Herrgott wissen, was du aber bist, will ich dir sagen: ein Maulmacher, ein Schwätzmichel!«

»Alte, komm mir nicht so rund!«

»Soll wohl großen Respekt vor deinen Dummheiten haben? – Geh, laß dich begraben!«

Unwirsch eilte sie in die Küche.

Der Schulz kraute sich im Nacken. »Hast's gehört, Hansmichel?« klagte er. »Und das soll ich einstecken, mir gefallen lassen?«

»Bietet die Gemeinde auf,« riet Hansmichel, »und schickt die Buchbacher heim, das setzt Euch in Respekt!«

»Potz Velten und Bastel! – Gleich geh 'rum, sag den Nachbarn, sie sollten richtige Prügel mitbringen! – Geh 'rum, sag ich!«

Eben kam die ganze Gemeinde, drei Mann hoch, zur Türe herein. Die Erregung über den feindlichen Einfall war groß, einstimmig ward ausgesprochen, diesen Schimpf dürfe Windsberg nicht dulden. Nicht um das bißle Holz handele es sich, die Ehre der Gemeinde stehe auf dem Spiel; lasse man die Buchbacher gewähren, keinem Menschen könne man mehr unter die Augen treten. Der schmächtige Ursula, – er hatte als armer Knecht seine Herrenfrau Ursula geheiratet und hieß nach ihrem Tod einfach der Ursula, – meinte bedenklich: »ihr Nachbarn, bedenkt, was ihr tut! Wir Windsberger sind mit Knechten und Buben neun Mann, – was werden wir ausrichten?«

»Hab auch daran gedacht,« sagte der Schulz kläglich. »Ihr Männer, ich frag euch als Schulz: was ist zu machen?«

»Da ist leicht raten,« entgegnete der breitgeschulterte Friederslipp. »Schick deinen Knecht nach Grumbach und laß die Gemeinde aufbieten, sie sind gut Freund zu uns und lassen uns nicht im Stich!«

»Potz Velten und Bastel! Hansmichel, lauf, was du vermagst, nach Grumbach zu meinem Gevatter, dem Schulzen, sag ihm, wir säßen arg in der Tinte von wegen den Buchbachern, und er sollt uns mit seiner Gemeind aus der Patsche helfen, wir Windsberger wollten's gleich machen seinerzeit!«

»Und sie sollten mit richtigen Prügeln kommen, ›Spaziersteckeln‹ täten's nicht,« rief der Friederslipp dem Davoneilenden nach.

»Und nun eilt, macht euch selber zurecht,« drängte der Schulz, »wir kommen sonst wahrlich zu spät!«

»Vater, tut das nicht,« bat eine weiche Mädchenstimme, als der Schulz seinen Gemeindegliedern folgen wollte. »Tut's nicht, Vater! Richtet wegen dem bißle Holz kein Unglück an. Denkt an Eure Freundschaft mit dem Zipfelschneider, – soll denn jetzt auf Eure alten Tage die Lieb, die so lang ausgehalten hat, für immer aus sein? – Tut's nicht, Vater, werdet wenigstens nicht handgemein mit den Buchbachern; geschieht Euch unrecht, so ist ja die Obrigkeit da, die wird Euch schützen!«

»Schützen? Hörst nicht, wie meine Büsche niederkrachen?« fuhr der Vater rauh das weinende Mädchen an. »Potz Velten und Bastel, bin ich nicht selber ein Stück Obrigkeit, der Schulz von Windsberg, ein Mann und bedeut was?«

»Drum solltet Ihr Euch um so weniger wegwerfen. Ach, Vater, hört auf mich, laßt ab, geht nicht ins Holz!«

»Gleich bist du mir still! Das fehlte noch, daß man sich von Weibsleuten das Konzept verrücken ließe. – Gleich bist du still, sag ich! Weiß wohl, warum du lamentierst und dich hinter meine Ehr steckst; du meinst doch nur, dein Heiner könnte am Ende zu den Buchbachern halten, und dann könnt's mit eurer Lieb gefehlt sein, – und falsch hast du nicht gerechnet! Daß mir der Zipfelschneider die Schmach mit dem Holz angetan, hab ich dem Schneidersheiner nicht nachgetragen, daran ist er unschuldig. Beteiligt er sich aber an der heutigen Geschichte, regt er nur einen Finger gegen uns Windsberger, so hat er's aus bei mir, und das Freien darfst du dir aus dem Kopf schlagen. – Nur nicht gebrummt! Geh jetzt zu deiner Mutter und sag ihr, ich wollt's beweisen, daß ich ein Mann bin und bedeut was!«

Während der Schulz im Hof aus dem Schälholz einen dauerhaften Eichenprügel auswählte, weinte Karoline in der Küche. »Ach Mutter, Mutter, wie wird das enden? Das Unglück ist nicht zu übersehen. – Ach, mir ahnt's, diesmal geht mir's an das Leben! – Wenn nur der Heiner diesmal seine Gedanken zusammennähme, – aber was rede ich, daran ist ja doch nicht zu denken! – Mutter, Mutter, warum ist so viel Haß und Feindschaft in der Welt?«

»Frag lieber, warum ist die Unvernunft so groß? Denkt man nicht, den Mannsleuten geht's ans Leben, wenn sie einmal verständig nachgeben sollten? Ist's nicht, als kostet's ihre Seligkeit, wenn sie ein gutes, freundliches Wort reden sollen? Meine Hoffnung stand noch immer auf dem Zipfelschneider, aber dein Vater treibt ihn ja mit Gewalt immer tiefer in den Zorn. Ach, Kind, jeder Hieb da draußen ins Holz geht mir durchs Herz; da werden aller Lieb und Freundschaft die letzten Wurzeln abgehauen, und es bleibt nichts als ewiger, blutiger Haß!«

»Ja,« flüsterte Karoline, indem sie den Kopf an der Mutter Schulter verbarg, »und wir Weiber müssen die Wildheit der Männer mit unserem Herzblut bezahlen. Mutter, wir wollen beten, daß der Herrgott gnädig ein Unglück verhütet.«

»Ja, Kind, das wollen wir; wollen beten, daß der Herrgott die Gedanken des Vaters zum besten lenkt. Ach, bleibt er auf seinem Starrsinn, so seh ich's kommen, daß das Hölzle da draußen unser Hab und Gut, Haus und Hof auffrißt. – Komm, Kind! – Ja, wir wollen beten, 's ist das Einzige, was uns zu tun übrig bleibt!«

*

Lustiges Treiben erfüllte den Schneidersacker und das anstoßende Fichtengehölz. Unter den Klängen der Musik fällten die Buchbacher Männer die schlanken Fichten, und der Wirt sorgte, daß die Kehlen nicht trockneten. Der Zipfelschneider war auch nicht lässig, allein er hatte keine Freude an dem Werk, seine Heiterkeit war erzwungen, seine Axthiebe begleitete mancher Seufzer.

Plötzlich drangen die Windsberger durch die Büsche, wortlos starrten sie in das rege Getümmel. Der Friederslipp erlangte zuerst die Sprache wieder. »Sollen wir das erleiden? Auf unserem Grund und Boden erleiden?« schrie er. »'raus Schulz, gebietet Ruh! Und räumen die nicht im Augenblick das Holz, brauchen wir Gewalt!«

Der Schulz hätte zwar lieber das Eintreffen der Verbündeten abgewartet, nach solcher Aufforderung durfte er jedoch nicht länger zögern. Hastig drängte er zwischen die Buchbacher und schrie: »Halt da, potz Velten und Bastel, halt, sag ich! Beile aus der Hand, – das Holz geräumt! Wer nicht pariert, soll's bereuen, das sag ich, der Schulz von Windsberg, ein Mann und bedeut was! Beile aus der Hand, oder ein Donner soll euch regieren, potz Velten und Bastel! Zurück aus meinem Eigentum, Zipfelschneider, oder ich zeig an Euch, wie man mit Spitzbuben fertig wird!«

»Spitzbuben?« flammte der Alte auf, der bis jetzt die Buchbacher durch heftiges Winken beschwichtigt hatte. »Spitzbuben? Das sagt Ihr mir? – Ihr? – Da soll doch auch gleich! – Zurück da, Schulz! Ich steh auf meinem Eigentum, auf meinem Grund und Boden, und Ihr wollt mich einen Spitzbuben schelten? Zurück, Schulz! – Ich verspür, wie mir die Gall ins Geblüt steigt! Zurück, sag ich, oder ich vergeß, daß ich der Zipfelschneider bin, ein Mann, der in die Welt paßt!«

»'naus mit den Windsberger Windbeuteln,« schrieen nun auch die übrigen Buchbacher. »'naus mit ihnen! Musik, aufgespielt, blast sie 'naus, blast sie heim, die windigen Bürschle!«

War es Absicht, war es Zufall? – wirklich schmetterte eben die Musik los; lachend, jubelnd begannen die Buchbacher, die Windsberger zurückzudrängen, ohne gerade Gewalt zu brauchen oder sich an den Gegnern zu vergreifen. Das aber verdroß eben den Friederslipp, tückisch hob er einen Stein und schleuderte ihn nach dem Bierfaß. Der Erfolg übertraf seine eignen Erwartungen! Der

Stein schlug den Hahn aus dem Faß; ehe der Wirt oder sonst jemand zuspringen konnte, war der edle Stoff im Acker verschwunden, das Faß leer. Die Musik brach plötzlich ab, das Lachen der Buchbacher verstummte, dafür brachen die Windsberger in lautes, höhnendes Jubelgeschrei aus. Blitzschnell waren beide Parteien auseinander; die Buchbacher zogen sich zusammen, und während Hohn- und Schimpfreden hin und her flogen, hieben sie starke Äste von den Fichten, befreiten sie notdürftig von Zweigen und Nadeln und zogen in geschlossener Masse den Windsbergern entgegen. Den Schulzen überlief es heiß und kalt, als er die Menge wutblitzender Augen näher und näher kommen sah und noch kein tröstliches Zeichen die Ankunft der Freunde verkündete, – aber zurück konnte und durfte er nicht, jetzt galt es aushalten. Den Angriff eröffnete der gewaltige Döbrichslang durch eine riesige Ohrfeige, die den armen Ursula weit in die Büsche zurückschleuderte, dafür schlug ihn der Friederslipp mit seinem Eichenknüppel über den Kopf, – die Schlacht war im Gang.

Das kleine Häuflein der Windsberger hielt sich tapfer, allein die Übermacht der Gegner war zu groß, Schritt vor Schritt ward es zurückgedrängt. Der Schulz bemerkte, daß sich eine Abteilung Buchbacher anschickte, sie im Rücken zu fassen; in seiner Herzensangst, er hatte eben ein paar derbe Hiebe abgekriegt, schrie er wie besessen: »He, holla! Hülf, Hülf! Hierher, hierher, Vettermänner und Gevatterleut! – Holla, holla! – Hierher! Potz Velten und Bastel, – ihr Grumbacher herbei, herbei, die Buchbacher kommen über uns!«

Die Buchbacher stutzten; als gleich danach eilige Schritte durch den Wald schallten, aufmunternde Stimmen laut wurden, kraute sich der Zipfelschneider die Haare. »Himmeltausendschwenselens, nun wird's Ernst! Hätt ich doch auf meine Alte gehört,« seufzte er. Doch auch das Ehrgefühl des Soldaten regte sich in ihm. Hastig zog er den Buchbacher Schulzen auf die Seite und sagte: »Wir haben da eine schöne Geschichte angestellt, Gotts ein Dunner! Man möchte sich auch gleich die Haare ausreißen! – Aber angefangen ist einmal, – sollen wir uns die Schande antun, von den Windsbergern und Grumbachern überwältigen und aus dem Holz werfen lassen? – Potz Dunner, das leidet unsere Ehr nicht! – Lauf, was du vermagst, und biete die Lindenbrunner auf, die lassen uns gewiß nicht im

Stich, haben ihnen ja auch schon nachbarlich beigestanden. – Lauf, was du kannst, die da drüben dürfen nicht Oberwasser behalten.«

Durch die Büsche brachen nun wirklich rote, erhitzte Gesichter; von den Windsbergern mit lautem Jubel begrüßt, übersahen die Grumbacher rasch den Stand der Dinge, ohne sich mit Reden aufzuhalten, nahmen sie die Buchbacher beim Wickel und schlugen drein wie Drescher. Der Windsberger Schulz, dessen Mut und Zuversicht bedeutend gewachsen war, schrie laut: »Willkommen, willkommen, Vettermänner und Gevatterleut! Potz Velten und Bastel, 's war Zeit, daß ihr kamt, wir saßen garstig in der Bredulg! (Bredouille. Der Schulz braucht das Wort in dem Sinne: höchste Not, äußerste Gefahr.) Nur jetzt nicht geschont, die Buchbacher Lumpen sollen an die Windsberger und Grumbacher denken!«

Schon lange war es auch unter den Musikanten unruhig geworden; dem Hanshenner, dem Wilden, vor allem aber dem Jungvolk prickelte die Kampflust durch alle Glieder. Nur mit Mühe hatte sie bis jetzt der bedächtige Zimmerdick von persönlicher Teilnahme zurückgehalten; als aber durch das Erscheinen der Grumbacher, durch ihr kräftiges Eingreifen in den Kampf die Verhältnisse zu ungunsten der Buchbacher sich veränderten, ihre Lage nun selbst bedenklich ward, regte sich die alte Lust verstärkt wieder. »Schämen müßten wir uns, ließen wir jetzt unsere Gefreundte im Stich, keinem Menschen könnten wir fürderhin aufrichtig ins Gesicht sehen,« schrie der Hanshenner und setzte sich nach den Büschen in Bewegung. Auch der Wilde legte sein Horn ab, spuckte in die Hände und schrie: »'s Donnerwetter, ihr Windsberger und Grumbacher, jetzt komm ich über euch!« Ihm folgten der Schülzle, Eckenpeter, Mühljohann, Bergkasper, auch der Wasserfuchs stürmte plötzlich in die Büsche. Den Schneidersheiner erwischte Hansaden am Jackenflügel und rief: »Heiner, bedenk, was du tust! 's ist dein künftiger Schwiegervater, mit dem du dich prügeln willst. Denk, für dich steht die Schulzenkarline auf dem Spiel!« – Heiner hörte nicht auf die wohlgemeinte Warnung, heftig riß er sich los und verschwand augenblicklich im Kampfgetümmel. Die Verstärkung kam zu rechter Zeit; der Vorteil, den die vereinigten Windsberger und Grumbacher im ersten Ansturm über die überraschten Buchbacher errungen, glich sich wenigstens teilweise wieder aus, die Bestürzung wich, das Gefecht kam zum Stehen. Trotzdem war die Übermacht der Verbündeten allzugroß, der Zipfelschneider sah sich oft besorgt nach den Lindenbrunner Freunden um.

*

»'s ist ein verwünschter Kram,« rief der Zimmerdick und schüttelte zornig den Kopf, als das Getümmel immer größer ward. »Ein verwünschter Kram, sag ich! Meinetwegen möchten sie sich ja die Jacken ausklopfen nach Belieben, juckt ihnen das Fell, – wenn wir nur nicht darein verwickelt wären. Was anders könnte ich mir antun, wenn ich bedenke, daß man uns mit Recht vorwerfen wird: ihr seid die eigentlichen Anstifter des schandbaren Unfugs! – Wer hätte auch denken können, daß die Geschichte solchen Verlauf nähme? Gott im Himmel, und wenn's mit dieser Schlägerei noch abgetan wäre, wollte ich gar nichts sagen, aber es sieht's ein jeder, das ist erst der Anfang des Krieges, – das Elend, was nachkommt, ist gar nicht zu übersehen. Und daß sich auch die Musikanten tätlich dreinmischen, ich möcht aus der Haut fahren!«

»Was *du* nur jammerst,« klagte der Schneidershannikel. »Was kümmert dich zuletzt die ganze Wirtschaft? Mir aber greift's in den Geldbeutel, mir geht's an Hab und Gut! Ihr wißt, mein Heiner soll den Zipfelschneider beerben, – was wird aber zu erben übrig bleiben bei solchen Prozessen, wie sie nach dem Kampf gar nicht ausbleiben können? Und die Schulzenkarline, das Prachtmädle, meine Freud und mein Stolz, da ist gar nicht mehr dran zu denken, daß sie meine Schwiegertochter wird. Wenn ich das alles so überlege, ich weiß mir meines Elends kein End!«

»Hättest das früher bedenken sollen,« sagte Hansaden verdrießlich. »Jetzt kauf ich dein Lamento für keine Pfeif Tabak. Warst du's nicht, der die Sach zum Ausschlag gebracht hat? War's nicht dein Heiner, der die Geschicht zur Ausführung brachte? – Aber um Gottes willen, ihr Männer, was ist zu tun? Sollen wir das Elend so ruhig mit ansehen? Die schlagen sich wahrhaftig noch krumm und lahm, reißt sie niemand auseinander!«

»Ist dir's zu wohl in deiner Haut?« rief der Schneider giftig. »Geh, wirf dich dazwischen; sieh, was du ausrichtest. Ich für mein Teil bedank mich, für meinen Buckel sind mir Buchbacher und Windsberger Prügel nicht gut genug!«

»Ja, das weiß man, darin bist du eigen,« höhnte Hansaden. »Was Prügel betrifft, kann dir's kein Mensch recht machen außer deiner Alten!«

»Daß dich der Geier,« fuhr Hannikel auf. »Das geht an meine Ehr! – Was willst du damit sagen? – 'raus mit der Farbe, was soll das bedeuten?«

»Nur stet, nur stet,« sagte der Zimmerdick lachend und schob den Schneider, der sich herausfordernd vor Hansaden auf die Fußspitzen gestellt, zurück. »Ist's des Jammers nicht genug? Willst du auch ausarten? Nur ruhig, wir kennen ja dich und deine Alte! So 'ne kleine Tachtel ist gesund, absonderlich Leuten, die so viel sitzen wie du. Nur gleich ganz still!! – Aber wahrlich angst und bang wird einem! Wo will das noch 'naus?«

»Ach du gejechtej Himmel! Da, – da, – so seht doch, – do't den Buchbacher Weg 'jaus,« rief der Bergkasper und deutete nach der bezeichneten Richtung. »So wah' ich lebe, die Lindenbrunne' allzumal, wie sie Gott geschaffen hat, – zwei, – fünf, – sieben, – neun, – zwölf, – fünfzehn, – zwanzig, djeiundzwanzig, – fünfundzwanzig Mann, Gott im hohen Himmel djoben, fünfundzwanzig Mann! – Ach, Herr meines Lebens, hat man je so was ejlebt? – Ich mach mich davon, das wi'd Mojd und Totschlag!«

»Was zu arg ist, ist eben zu arg,« rief der Zimmerdick. »Das geht beim Kuckuck ins Große! Ihr Männer, jetzt dürfen wir nicht länger zusehen, die Lindenbrunner wenigstens müssen wir abhalten! Vorwärts, wir müssen entgegen und sie abhalten!«

»Abhalten?« schrie der Schneider. »Ja, *ihr* könnt was abzuhalten kriegen, aufhalten werdet ihr die niemals!«

»Probieren wenigstens müssen wir's, 's ist unsere Schuldigkeit,« rief Hansaden. »Vielleicht bringen wir sie doch dahin, daß sie sich mit uns vereinigen, die Ordnung herzustellen!«

»Das ist ein Wort,« stimmte ihm der Zimmerdick aufatmend bei. »Ja, was an uns liegt, dürfen wir nicht versäumen. Kommt, ihr Männer, daß wir mit den Lindenbrunnern reden, eh ihnen auch noch der Verstand davonläuft!«

*

Heiß tobte noch immer der Kampf auf dem Acker und in den angrenzenden Büschen. Längst waren Fichtenäste und Eichenprügel zersplittert, desto wilder rangen die Männer im erbitterten Faustkampf.

Mit der Zeit waren die Buchbacher wirklich in sehr bedrängte Lage geraten, selbst der gewaltige Döbrichslang vermochte kaum noch hie und da seinen Freunden auf Minuten Luft zu verschaffen. Der Zipfelschneider, dem sogar ein wesentlicher Teil seiner Persönlichkeit, seine Zipfelkappe, abhanden gekommen war, kraute sich öfter und öfter hinter den Ohren und seufzte: »Potz Kuckuck, das ist eine langwierige Sach! Ich bin ein Mann, der in die Welt paßt, aber der Spaß gefällt mir nimmer. Ich wollt, ich wär daheim und säß auf meiner Butik! – Wo auch die Lindenbrunner bleiben?«

Desto übermütiger schrie der Windsberger Schulz: »Potz Velten und Bastel, Vettermänner und Gevatterleut, jetzt kriegt die Sach ein anderes Gesicht! Nieder mit dem Döbrichslang, und wir haben gewonnen Spiel! Haltet mir nur den Zipfelschneider fest, das ist der Anstifter, dem muß ich doch noch einen besonderen Denkzettel mit ungebrannter Asche anhängen, daß er sich merkt: ich bin ein Mann und bedeut was!«

»Guckt an, Ihr seid ja recht freigebig mit ungebrannter Asche,« lachte plötzlich der Lindenbrunner Schmied, sein alter Gegner, hinter ihm, und eine nervige Faust packte ihn wie eine Zange im Genick. »Geht her, zuerst sollt Ihr sie selber einmal gründlich schmecken!«

»Gotts ein Dunner! Was ist das? Wer untersteht sich?« schrie der Überfallene und wand und krümmte sich unter den Hieben, die hageldicht auf seinen Rücken niedersausten. »Ich bin der Schulz von Windsberg, ein Mann und bedeut was! Geht man so mit Schulzen um? Potz Velten und Bastel! Hülf, Hülf! – Windsberger herbei, zu mir, euer Schulz ist in der Bredulg! – Hülf, Hülf!«

»Die Lindenbrunner rücken an,« jammerte Ursula. »Kohlschwarz kommen sie die Hohlgasse 'rauf! – Ich mach mich davon, ich lauf weiter, als mich meine Bein tragen, – jetzt geht's an Leib und Leben!«

Mit lautem Jubelruf begrüßten die Buchbacher die so rechtzeitig eintreffenden Freunde; der Zipfelschneider schrie: »Gott grüß euch, ihr Nachbarn! Ist Zeit, daß ihr kommt, 's geht heiß her! Drauf, Brüder und Vettermänner, drauf und dran! Jetzt zahlen wir den Windsbergern heim, sie haben uns garstig mitgespielt!«

»Nur nicht verzagt,« brüllte dagegen der Friederslipp. »Mit den Lindenbrunner Hungerleidern nehm ich's allein auf! Nicht geschont! Dran und drauf!«

Allein die Stachelreden kamen zu spät, der Kampf war zu Ende. Wohl rückten zum Schrecken der Windsberger und Grumbacher die Lindenbrunner in geschlossenen Massen heran, allein statt sogleich den Kampf aufzunehmen, wie die Buchbacher hofften, drängten sie sich in die Mitte des Knäuels, trennten die streitenden Parteien, laut rufend: »Ruhe! – Friede! – Auseinander! – Ist genug skandaliert! – Auseinander! – Wer sich rückt, wird niedergeschlagen!« Besonders letztere Drohung, durch kräftige, zum Schlag erhobene Eichenknüttel verstärkt, machte Eindruck. Im Anfang, als sich die erste Überraschung gelegt, schienen allerdings beide Parteien nicht übel Lust zu haben, sich zusammen auf die ungebetenen Friedensstifter zu werfen. Allein die Windsberger und Grumbacher trauten den Buchbachern nicht, scheuten die Übermacht, vielleicht mehr noch die frischen Eichenstöcke, – langsam zogen sie sich zurück. Die Buchbacher erhoben freilich großen Lärm, schrieen über Verrat und Niedertracht, schalten auf die falschen Freunde, – allein, als diese ihren leidenschaftlichen Worten keine Beachtung schenkten, standhaft die Mitte des Kampfplatzes behaupteten, tollkühnen Wagehälsen empfindlich den Ernst ihres Willens zeigten, ergaben auch sie sich in das Unabänderliche. Der Groll gegen die Freunde legte sich in gleichem Maße, als sich das Blut abkühlte, bald waren die Buchbacher wie ihre Gegner den Lindenbrunnern von Herzen dankbar, daß sie so entschieden durchgegriffen und der nicht ehrenvollen Prügelei ein Ende gemacht. Natürlich ließen sie sich das aber nicht merken.

Mit der Unterdrückung des Kampfes, der Trennung der Parteien, war aber noch wenig erreicht, jetzt galt es, einen Vergleich herzustellen. Das hielt schwer. Keine Partei wollte auch nur ein Tippelchen ihres vermeintlichen Rechtes aufgeben, Buchbacher sowohl als

Windsberger beanspruchten sämtliches Holz, stehendes sowohl als gefälltes; die Gemüter drohten sich abermals zu erhitzen; schon hatten die Lindenbrunner wieder ihre Not, die Zornigsten auseinanderzuhalten. Der Zimmerdick unterredete sich lange eifrig mit dem Lindenbrunner Schultheißen; nachdem sämtliche Lindenbrunner und die wenigen neutralen Musikanten ihren Vorschlägen einhellig beistimmten, sprang der Schulz auf einen Fichtenstrunk und rief: »Ihr Nachbarn von Buchbach und ihr Männer von Windsberg und Grumbach! – Auf irgend eine Weise muß die Geschichte zu Ende kommen, wir können euch nicht ewig auseinanderhalten. Drum sind wir Lindenbrunner mit den vier Musikanten dahin einig geworden: die Buchbacher führen die niedergeschlagenen Büsche heim, – 's ist ziemlich die Halbscheid, – den Windsbergern dagegen verbleibt der übrige Bestand. – Nur ruhig, laßt mich ausreden,« schrie er, als ihn Lärmen und Toben aus beiden Lagern unterbrach. »Hört mich doch erst zu End! – Wir können euch ja freilich nicht zwingen, den Vergleich anzunehmen, ihr seid Männer und habt euren freien Willen. Aber nun paßt auf! Wer jetzt zuerst die Hand wieder erhebt, sei's ein Buchbacher oder ein Windsberger, der hat's mit uns zu tun. Und wir fackeln nicht, darauf verlaßt euch. Also, welche Partei sich's noch mit uns aufzunehmen getraut, die tret heraus!«

Dumpfes Murren begleitete den Schulzen, als er sich zu den Seinen zurückbegab. Plötzlich entstand im Windsberger Lager eine Bewegung, der Grumbacher Schulz rief lachend: »Ihr habt recht, ihr Lindenbrunner! Zu irgend einem Loch muß es hinaus, und da keine Partei Meister geworden, ist der Vorschlag gerecht und billig. Wir Grumbacher stehen zu euch, – heißt das natürlich nur in *der* Sach, sonst ist's euch unvergessen, daß ihr gegen uns auszogt! – Wer den Vergleich nicht anerkennt, wer zuerst wieder Streit anfängt, der hat's auch mit uns zu tun. – So, nun redet selber zusammen, ihr Windsberger und Buchbacher!«

Nun kam das Knirschen an die Windsberger; allein an einen Widerstand gegen die Vorschläge der Vermittler war nun auch nicht im entferntesten mehr zu denken. Nicht ohne heftige Zornesausbrüche von beiden Seiten, und erst nachdem man sich feierlich zugeschworen, bei nächster Gelegenheit den Kampf gründlich auszufechten, ward endlich doch der vorgeschlagene Vergleich angenommen. Die Windsberger und Grumbacher besetzten ihren Waldanteil, ein Teil Buchbacher eilte nach Geschirren und Wägen, die übrigen hüteten die gefällten Stämme. Dazwischen, als Sicherheitswache, lagerten die Lindenbrunner.

So war äußerlich Ordnung und Friede hergestellt, aber auch nur äußerlich, in den Gemütern sah es wild und trostlos aus. Zwar erfreute man sich der über den Gegner errungenen Vorteile, aber auch gar manche Wunde und Beule begann zu schmerzen, manches zerstörte Kleidungsstück brachte Leid. Die Vorsicht der Lindenbrunner war nicht umsonst; wer weiß, was geschehen wäre, standen ihre Eichenstöcke nicht gar so drohend zwischen den Zornigen.

Waren so schon die gewöhnlichen Kämpfer schlecht gelaunt, so befanden sich die beiden Anführer vollends in allerschlechtester Stimmung. Keiner hatte seine Absicht erreicht, und nun sie zur Überlegung kamen, konnten sie sich nicht verhehlen, daß sie sich in Unternehmungen eingelassen, deren Folgen sich gar nicht übersehen ließen, die ihnen aber leicht an Hals und Kragen gehen konnten. Dem Zipfelschneider lag schon jetzt ein moralischer Jammer nicht bloß im Gemüt, sondern in allen Gliedern, und der Verlust seiner Zipfelkappe schmerzte ihn um so tiefer, da er ihm fast wie eine Mahnung erschien, daß er nicht mehr ein Mann sei, der in die Welt passe. So tief gründete sich der Unmut des Schulzen nicht, deswegen war seine Verstimmung nicht minder groß, nicht minder peinigend. Sein Selbstgefühl hatte einen allzu schmerzlichen Stoß erlitten. Nicht nur sein Rücken brannte wie Feuer, auch der verschwundene rechte Jackenflügel und Ärmel, die zerbrochene Staatspfeife, deren Trümmer ihn traurig anstarrten, schien zu fragen: geht man so mit einem Manne um, der Schulz von Windsberg ist und etwas bedeutet in der Welt? Sein Zorn wuchs, da er sich erinnerte, daß es sein künftiger Schwiegersohn, der Schneidersheiner, war, der sich so despektierlich an ihm vergriffen. Würdevoll trat er an den Rand des Gehölzes, streckte den geschändeten Arm aus, den nur noch das Unterfutter bekleidete, und rief drohend: »Heinerle, Heinerle, guck an, das ist dein Werk. Du wirst gar nicht denken, was du dir angerichtet! Ich bin ein Mann und bedeut was, und so laß ich nicht mit mir umspringen, du sollst es bald spüren, – merk das!«

Hohngelächter der Buchbacher antwortete ihm; noch einmal schüttelte er drohend die Faust, dann zog er sich zurück.

Die Buchbacher Wagen kamen an, die Lindenbrunner griffen hilfreich ein, so waren die Stämme bald aufgeladen, der Kampfplatz leerte sich.

Bedrückt schlich Heiner neben dem Bergkasper dem Zug nach. Kasper hatte keinen Trost für ihn, er wußte nichts zu sagen, als: »Es wa' halt auch nicht jecht, Heinich! Es wa' ein dummej Stjeich, daß du den Alten gepjügelt und dich an ihm vejgjiffen hast!« Heiner knurrte grimmig in sich hinein, – das wußte er lange auch! Trübsinnig hing er den Kopf; die krachenden Axthiebe hinter ihm im geräumten Wald trafen ihn mitten ins Herz, sie zerschmetterten die Lebenswurzeln seiner Liebe!

*

»Sei nur still, Alte, und schwätz mir den Kopf nicht warm! Ich bin der Zipfelschneider, ein Mann, der in die Welt paßt! – Dummheit sagst du, wär's gewesen, – Unverstand? – – Hör, Alte, du dauerst mich, du verstehst dich doch auch rein gar nicht auf die Welt! – Dummheit, – so!! – – Also wenn ein Schneider für sein gutes Recht dreinschlägt, weil nichts mehr sonst verfängt, das ist Dummheit, – so! – Aber gelt, wenn Könige und Kaiser Krieg anfangen, kein Mensch weiß warum, das ist keine Dummheit, kein Unverstand! – Ich dachte gar, ei Gott bewahr mich, das ist ja nachher alles fürs Vaterland!! – So so!!! – – Aber ich bin der Zipfelschneider, ein Mann, der in die Welt paßt, Punktum! Und du, Alte, bist mir gleich ganz still! – Herrgott, Alte, was du einen doch mit deinen Fragen plagst! Wer die Kosten bezahlt, wenn's zum Verklagen kommt, willst du wissen? – Hm, hm, Kosten! Das Donner 'nein, man sollt nicht meinen, wie solch nichtsnutzig's Wörtle erschrecken kann! – Hör, Alte, tu mir jetzt den einzigen Gefallen und sei einmal ganz still, aber ganz still, – hast mich verstanden? – Wer wird die Kosten bezahlen? – Ei so frag ich auch! Der Windsberger Schulz muß sie bezahlen, wer sonst? – Der Schulz hat den Lärm angefangen, auf dem bleibt alles hängen, drum muß er auch alles bezahlen, ist noch Gerechtigkeit in der Welt, Punktum! – – – Alte, such deinen Opodeldok und geh her, ich hab auf einmal einen grausamen Schmerzen den ganzen Rücken hinunter, das brennt wie das helle Feuer! – Ach, Alte, der Friederslipp ist ein Mensch, kein linsele paßt er in die Welt! Hat er nicht auf mir herumgebläut, als wär ich ein Flachsbündel? – Ach, die Welt ist sehr verderbt, Alte, du glaubst gar nicht wie sehr! – – 's geschieht mir recht? – Alte, sag das nicht, ich bitt dich, das ist nicht christlich! – Jammert's dich denn nicht, daß ich für mein Recht so viel leiden muß? – Aaach, – aaaach, – Alte, das tut wohl! – So, nun reibe noch ein wenig, daß sich dahinten kein Geblüt setzt! – So, – ich dank dir auch, Alte! – Ach, das war eine wilde Kirmes, an die will ich gedenken! – Gute Nacht!«

Nach dieser langen Rede legte sich der Zipfelschneider ins Bett und versuchte einzuschlafen. Aber nicht bloß sein wunder Rücken brannte wie Feuer, seine Gedanken, die nicht mehr ruhen wollten, brannten noch viel mehr. Bei den Aufregungen des Tages, im Wirtshaus, unter den nicht minder als er selbst erregten Nachbarn, bei den wechselnden Eindrücken und Stimmungen war der Zorn

über die Gegner, der Glaube an die Gerechtigkeit wie auch Gesetz-
mäßigkeit der eigenen Handlungen gewachsen; an die Zukunft, an
mögliche Folgen zu denken, hatte er gar nicht Zeit gehabt. Anders
war es nun in der Stille des Abends. Vor seiner Annekunnel hatte er
sich in Ruhe und Gleichmut ausgesprochen und dabei gefunden,
daß es um die Rechtlichkeit seines Handelns doch nicht gut bestellt
sein müsse, da er sich selbst nicht beruhigen konnte. Dazu hatte die
Frage der Annekunnel nach den Gerichtskosten ein Schreckge-
spenst herbeigezaubert, das nicht wieder wich, sich dem Müden
wie ein Alp auf die Brust legte und den Schlaf von seinen Augen
scheuchte. Ja, bleichwangig, hohläugig grinste ihn die Sorge an, und
je länger sie ihn so regungslos anstarrte, desto riesenhafter wuchs in
der Ferne das schattenhafte Gespenst der Not, – der Not und Armut, in sein Haus gezogen fast gewaltsam durch seine Schuld! Und
nun erhob sich auch die Stimme seines Gewissens; immer lauter
und klarer sprach der unbestechliche Richter jeglichen Tuns in seiner Brust, so eindringlich, so überzeugend sprach er, daß dem Zipfelschneider der helle Schweiß ausbrach. Nicht bloß um der Folgen
willen verdammte sein Gewissen die heutige Tat, ach, daran rührte
es gar nicht und brachte doch den Schneider fast zur Verzweiflung.
Nicht allein hatte er der von Gott eingesetzten Obrigkeit vorgegriffen, – ach, er hatte sich auch in eine schimpfliche Schlägerei eingelassen, Hand an seine Nebenmenschen gelegt, die doch, wie er selber, nach dem Bilde Gottes geschaffen waren. Wie hatte er stets
gegen die Prügeleien der Jungburschen, als gegen einen unverzeih-
lichen Unfug, geeifert, selbst ihre jugendliche Unbesonnenheit, die
ungestüme Jugendkraft nicht als Entschuldigung gelten lassen, –
und jetzt, jetzt hatte er selber vollbracht, was er nicht hart genug
meinte verdammen zu können; ja er selber hatte die Veranlassung
zu einer Schlägerei gegeben, wie solche gar noch nicht erhört und
erlebt worden war! Was war aus seinem unbescholtenen, ehrbaren
Wandel geworden, auf den er so stolz gewesen? Wo blieb seine
Ehre, sein guter Name? Durfte er noch von sich sagen: ich bin der
Zipfelschneider, ein Mann, der in die Welt paßt? Durfte er sich noch
vor einem Menschen sehen lassen, frei und fröhlich die Augen auf-
schlagen? – – Seufzend und ächzend warf er sich auf seinem Lager
umher; je mehr er sich selbst verachtete, desto verdrießlicher ward
er über die lustigen Tanzweisen, die hell vom Wirtshaus herauf-
klangen, und der Mond leuchtete auch so unverschämt auf sein

Bett, gerade als wollte er sagen: »Zipfelschneider, Zipfelschneider, was machst du für Streiche?« – Knurrend stand endlich der Geplagte auf, verhing das Fenster mit der Schürze seiner Annekunnel und seufzte, als er wieder unter die Decke kroch: »Alte, – schläfst schon? – Ach, 's ist weiter nichts, mir ist nur der Gedanke 'kommen, was es doch für eine dumme Einrichtung in der Welt ist, daß man am Abend zumeist gescheiter ist als am Morgen! – Ach du lieber Gott im Himmel droben!!! – Ja, ja, 's ist schon gut, sei nur still jetzt, ich will einschlafen, gute Nacht!«

*

Auch im Wirtshaus wollte die rechte Kirmeslust nicht wiederkehren. Die Windsberger und Grumbacher Gäste fehlten ganz, und die Lücke in der Gesellschaft ward schmerzlich empfunden, erinnerte stets aufs neue an die traurigen Vorgänge dieses Morgens. In fast allen Häusern Buchbachs hatte es infolge des Kampfes stark gewittert, man munkelte, da und dort habe es sogar eingeschlagen, und das seien nicht etwa kalte Schläge gewesen. Viele Nachbarn waren ebenfalls daheim geblieben, die übrigen saßen schweigsam hinter ihren Biergläsern, hatten ihre Not mit den zudringlichen Fliegen und sannen, was nun wohl aus der Geschichte werden würde.

Merkwürdig leer war der Tanzsaal; ältere Frauen sah man gar nicht. Nur wenige Paare tanzten, Bursche und Mädchen standen in Gruppen beisammen, besprachen sich eifrig und hielten Rat, wie man sich der unausbleiblichen Angriffe der Windsberger und Grumbacher erwehren oder sie einmal gründlich überwältigen könne. Manches Herz erzitterte bei diesen Besprechungen, manches Auge füllte sich mit Tränen, denn gar viele zarte Fäden, die die Herzen hier mit anderen in den nun feindlichen Dorfschaften verknüpften, waren durch die heutige Schlacht zerrissen, oder drohten zu zerreißen, kamen die finsteren Pläne zur Ausführung!

Verwirrung, Zerwürfnis, Kummer und Sorge überall! Auch droben auf dem Orchester unter den sonst so lustigen, leichtlebigen Gesellen saßen breit und behaglich der Kummer und die Sorge; fest saßen die unholden Gesellen unter den Musikanten, dämpften den fröhlichen Mut, verwandelten das Bier in bittere Galle. Nicht leugnen konnten die Musikanten: die Verwirrung, der Haß in den Dorfschaften war zum guten Teil ihr Werk, und all die Folgen, wie schlimm sie immer sein mochten, sie kamen ganz und ungemindert auch über sie. Sie waren ja freilich eigentlich hier fremd, – Bergheim war ihre Heimat, allein in Todfeindschaft stand Windsberg und Grumbach gegen sie, jede Verbindung von dorther mit ihnen war abgebrochen, und das war ein schwerer Schlag! Denn nicht nur, daß ihnen forthin alle Tänze und Kirmsen in Windsberg und Grumbach entgingen und damit ein schöner Verdienst, – die Musikanten waren durchweg Handwerker, schwer traf sie der unausbleibliche Verlust aller Kundschaft in beiden wohlhabenden Dörfern. Grund genug zu Sorgen und trüben Betrachtungen, selbst wenn nicht noch die Gefahr gedroht hätte, daß sie in alle künftigen Händel der streitenden Ortschaften verwickelt, ja gegebenen Falls von den erbitterten Windsbergern und Grumbachern für ihre Beteiligung am Kampf besonders abgestraft werden würden. Der Schneidershannikel saß trübselig neben seinem Bruder, dem Gänskasper, und nickte traurig, wenn dieser weitläufig auseinandersetzte, wie er alles habe kommen sehen, allein seine Warnung habe ja niemand beachtet. »Ja, ja, Hannikel,« seufzte er, »Gäns und Holz ist ja freilich zweierlei, – wir werden's auch spüren!«

Am tiefsten niedergebeugt war der Schneidersheiner. Eine fast unerträgliche Angst peinigte ihn; nur mit Aufbietung aller Kräfte bezwang er sich so weit, daß er wenigstens notdürftig seine Pflicht erfüllen konnte. Auch er hatte am Tag, wie sein Pate, die Schwere seiner Tat minder gefühlt, nicht Zeit zum Nachdenken gehabt, dann aber besonders für den Abend auf ein Zusammentreffen mit der Windsberger Schulzenkaroline gehofft, – eine Besprechung konnte ja doch vielleicht zu einer Verständigung führen. Allein das Mädchen kam nicht, wie er es hätte voraussehen müssen, wäre nicht eben die menschliche Natur so geartet, daß sie nur allzu gern glaubt, was sie wünscht. Den Heiner schlug das Scheitern seiner letzten Hoffnung völlig nieder, und es half ihm nichts, daß er sich jetzt die Grundlosigkeit derselben klar machte. Schwere Zweifel peinigten ihn. War Karoline auf Befehl des Vaters daheim geblieben, dann durfte er wenigstens hoffen, daß sie ihn noch nicht gänzlich aufgegeben, wenn sie auch, wie natürlich, schwer zürnte. Hatte sie sich aber freiwillig den Besuch der Kirmse versagt, dann war alles verloren und er unglücklich fürs Leben.

Der sonst so ausgelassene, lustige Geselle, der sich der Gegenwart erfreute, ohne viel an die Zukunft zu denken, war wie umgewandelt. Nicht allein der drohende, fast gewisse Verlust des geliebten Mädchens ängstigte ihn, es gab auch sonst noch Sorgen genug. Er wußte seit langem, daß er dereinst seine kinderlosen Patenleute beerben sollte, darauf gründeten sich all seine Aussichten für die Zukunft. Nun aber kam dieser heillose Prozeß mit dem Windsberger Schulzen dazwischen und drohte all seine Hoffnungen zu vernichten. Verlor der Zipfelschneider den Prozeß, so konnte leicht der Fall eintreten, daß sein ganzes Vermögen nicht hinreiche, die Gerichtskosten zu decken, und dann war auch er ein Bettler. Gewann aber der Zipfelschneider, so war ihm wohl ein Vermögen gesichert, aber Karoline, das liebe, treue Mädchen, desto sicherer verloren. – Und was nützte ihm Hab und Gut ohne das Mädchen, welches sein ganzes Herz erfüllte? – Ach, und nun hatte er heute zum Niederschlagen des Holzes geraten, hatte sich tätlich an dem Vater seines Schatzes vergriffen, – das war zu viel des Elends auf einmal. Heiner erfuhr an sich, daß es in Wirklichkeit Zustände geben kann, bei denen den Betroffenen die Welt zu enge werden möchte.

Er dankte Gott, als früher denn gewöhnlich der Tanzsaal leer wurde, und die Planbursche Feierabend geboten. Statt mit dem Bergkasper noch einmal in sein altes Quartier zurückzukehren, ging er einsam durch taufeuchte Wiesen, über welche zarte, weiße Nebelstreifen hinzogen, nach Sülzdorf heim. Welch ein Abstand zwischen gestern und heute! Tief seufzend suchte er sein Lager; allein wie seinen Paten, floh auch ihn der Schlummer, erst gegen Morgen fiel er in unruhige Träume. Heftiges Rütteln weckte ihn. Geblendet von der strahlenden Morgensonne, schloß er wieder die Augen; stärker ward das Rütteln und seine Mutter zankte: »ja, tu nur die Augen zu! – Es ist auch die Schande groß, der Sonne also ins Gesicht zu schlafen!«

»Laßt mich in Frieden,« murrte Heiner verdrießlich und legte sich auf die andere Seite. »'s ist vierter Kirmestag heut, der ist zum Ausschlafen auf der Welt!«

»Wenn man dich hört, könnte man fast meinen, es wäre so,« rief die Mutter. »Und doch sind die vierten Kirmestage der Untergang aller Musikanten! Ausruhen heißt's, ausschlafen, – ich hab's auch gedacht! Nun erst recht geht das wilde Leben an, und am fünften Tag sind die Männer weniger nütz als vorher am vierten!«

»Weiß gar nicht, warum Ihr mir das vorrückt? Ist's der Dank, daß ich allein zu rechter Zeit heim bin?«

»Hört doch solchen Schlingel! – Du darfst mir nur noch rund kommen, dann red ich erst anders! Gleich stehst du auf und gehst an die Arbeit, – drei volle Tage sind ohnedies verloren!«

»So? – Ja das ist freilich schlimm! Da will ich mich gleich auf die Beine machen und will sie wieder suchen!« Und ohne das Schelten der erzürnten Frau zu beachten, warf er sich in die Kleider und ging davon.

Heiner ging nicht aus unkindlichem Trotz oder Lieblosigkeit, wie die Schneiderin weinend klagte; er war stets ein guter Sohn gewesen und besonders der Mutter von Herzen ergeben. Aber heute konnte er nicht gehorchen, auch nicht reden, so weh es ihm der Mutter wegen tat.

Buchbach hatte er verlassen, um den Gesprächen über die Windsberger Geschichte zu entgehen. Noch wußte zwar die Mutter nichts von den gestrigen Vorfällen, aber lange konnten sie ihr nicht mehr verborgen bleiben, und dann war er aus dem Regen in die Traufe gekommen. Und was sollte er ihr entgegnen, der klugen, scharfblickenden Frau? Wie sich entschuldigen, wie verteidigen? Beides, das empfand er sofort, war hier gleich unmöglich; und ihre Schelte, ihren Jammer, ihre Klagen zu ertragen, dazu fühlte er sich in seiner jetzigen Verfassung gänzlich außer stande. Darum ging er, er wollte den ersten, ärgsten Sturm verbrausen lassen. Dazu lag ihm eine dumpfe Betäubung wie Blei in allen Gliedern, ein schmerzhafter Druck auf das Hirn vermehrte seine Unruhe und Angst. Er hatte die Empfindung, als müsse er im Zimmer ersticken, am Werktisch von Sinnen kommen, er sehnte sich nach Luft, nach Zerstreuung, Erheiterung.

Planlos wendete er sich zuerst nach Schottendorf, – hier erfuhr er, daß er seinem Geschick nicht entrinnen werde. Mit lautem Hallo ward sein Erscheinen begrüßt, aus allen Fenstern ward er angerufen, auf offener Straße angehalten, umringt, eingekeilt, mit Fragen überstürzt. Da er nicht Hunderten zugleich antworten konnte, seine Stimme den Lärm nicht durchdrang, ward ihm von den Schottendorfern seine eigene Geschichte zwanzigmal in jeder Viertelstunde berichtet, mit immer neuen gräßlicheren Übertreibungen. Der Kopf wirbelte ihm; war die Welt in ein Tollhaus verwandelt oder er verrückt?

Mit Gewalt bahnte er sich endlich einen Weg durch seine Dränger und rettete sich mit Mühe in ein stilles, abgelegenes Wirtshaus. Nicht lange war ihm vergönnt, seinen kummervollen Gedanken nachzuhängen, die Größe seiner Schande auszudenken nach dem Maße der Beurteilungen, die ihm hundertfach in die Ohren geschrieen worden waren, – es kam Leben in das stille Haus, viele Stimmen tönten durcheinander, von einem Schwarm Schottendorfer umgeben, trat der Windsberger Schulz ins Zimmer. Heiner kroch ganz in sich zusammen, drückte sich in die dunkelste Ecke, um nicht erkannt zu werden. Höllenqualen stand er aus in seinem finstern Winkel, und doch mußte er sich ruhig verhalten, durfte sich nicht einmal bewegen, um die Aufmerksamkeit der Gäste nicht auf sich zu lenken. Umständlich erzählte der Schulz den Hergang, und Heiner hatte zum zweitenmal Gelegenheit, ein Urteil seines Tuns zu vernehmen. Es war freilich hart, mitleidslos, – aber er selbst mußte sich gestehen, in der Hauptsache wahr und gerecht, ach nur allzu gerecht! Und seine Verurteilung war es nicht allein, die ihm das Blut wie Flammenströme ins Gesicht trieb. Klar und bestimmt vernahm er aus dem Munde des Vaters, daß es mit seiner Bewerbung um Karoline zu Ende sei; fast zur Verzweiflung brachte es ihn, als der Schulze hinzusetzte: »ich hab den Heiner gern gehabt, niemals hätte ich mir einen anderen Schwiegersohn wünschen wollen, und der Prozeß mit seinem Paten wäre kein Hindernis für ihn gewesen. Nun er sich aber an mir vergriffen, nun ist's aus, aus für immer, das versteht sich ganz von selbst!«

Endlich entfernte sich der Schulze, und auch Heiner gewann die Freiheit wieder. Ziellos rannte er über Wiesen und Felder dem Walde zu, er mußte allein sein, ganz allein. Im dichten Gebüsch warf er sich zur Erde und vergrub das Gesicht im feuchten Moos, sein Herz zuckte im wildesten Schmerz. Lange blieb er in dieser Lage, bis endlich die Natur ihre Rechte geltend machte. Müde richtete er sich auf, strich sich Laub und Moos aus den Haaren, ordnete seine Kleider. Wohin nun? – Trostlos blickte er in die Weite; wie war die Welt so verändert, so groß, so öde, so farblos; und was hatte er noch auf der Welt zu suchen, was sollte ihm das Leben? Ein vom Schicksal zerschlagenes Glück, das empfand er, kann man verwinden, aber unerträglich ist es, muß man die eigene Torheit als Ursache des Leides anklagen, muß man sich im bittersten Schmerz auch noch verachten! – – Wohin nun? – War das nicht gleichgültig? Einen Ort, wo er sein Leid vergessen konnte, gab es doch nicht. – Was tun? – Nun quoll es wie ein Strom warmen Lebens in ihm auf: arbeiten! – Ja, arbeiten, schaffen, brav und tüchtig werden; das war es, was ihm blieb, was ihm allein über die schwerste Zeit hinweghelfen konnte. Wie oft hatte ihn Karoline, das gute, schöne Mädchen, mit Tränen gebeten: »kehr um, Heiner, laß die Tollheiten, du bist nun längst in den Jahren, da sich solch wildes, überlustiges Wesen nimmer schickt. Tu's mir zu lieb und werde gesetzt und brav, wie es anderen Burschen deines Alters so wohl ansteht!« Solche Mahnungen, – jetzt erinnerte er sich, wie sie in letzter Zeit immer ernster und dringender geworden waren, – hatte er leichtsinnig in den Wind geschlagen; Besserung gelobte er stets, und im Grund war es schon seit langem seine Absicht, endlich ein neues Leben zu beginnen, nur den Anfang verschob er von einer Zeit zur andern, und so war es endlich gekommen, wie es ihm Karoline lange vorhergesagt, – sein Leichtsinn hatte ihn ins Unglück gestürzt, aus dem es keine Rettung gab.

»Gar keine Rettung? – Soll wirklich alles, alles verloren sein?« stöhnte Heiner im neu aufquellenden Schmerz. – Ja, die eine unglückselige Tat hatte einen unausfüllbaren Abgrund zwischen ihm und dem Mädchen aufgerissen, nie, – nie konnte der Vater ihm das vergeben. – Aber die Tochter? Konnte nicht Karoline sein Vergehen milder beurteilen und, wenn sie sich auch vorläufig dem Zwange des Vaters unterwarf, im stillen dennoch an ihm festhalten? Seine bleichen Wangen röteten sich. Zwar mußte er sich bei ruhiger Überlegung selbst sagen: von einem anderen Mädchen könne er das vielleicht erwarten, von Karoline nie und nimmer! – Sein gequältes Herz klammerte sich an diesen Strohhalm, so schwach der Hoffnungsschimmer auch war; ehe er sich selbst dessen recht bewußt ward, hatte er schon ein ganzes Gebäude von Hoffnungen, Erwartungen und Wünschen darauf gegründet. »Bleibt mir Karoline zugetan, dann ist nichts verloren,« sagte er fast laut. »Ich will meine Torheit vergessen machen, will ihrer wert werden, – und die Zeit tut ja Wunder! – Aber heute noch muß ich erfahren, wie das Mädle zu mir steht, – solche Ungewißheit ist nicht zu ertragen!«

Fest und unverrückt stand dabei der Vorsatz in ihm, ein anderer Mensch zu werden unter allen Umständen. Innerlich drängte es ihn, bald, sogleich einen Anfang zu machen. Mancherlei nötige Besprechungen, Verrichtungen in den umliegenden Orten kamen ihm rechtzeitig in den Sinn, ungesäumt ging er an ihre Besorgung. Ein schweres Werk hatte er sich aufgebürdet! In jedem, auch dem kleinsten Orte erneute sich die Szene, die er in Schottendorf erlebt hatte, und er mußte seine ganze Willenskraft aufbieten, nicht wild, seinem Entschlusse nicht untreu zu werden. Machtvoll bezwang er sich; allen Hohn und Spott nahm er geduldig hin als wohlverdiente Strafe; nur gelobte er sich selbst mit heiligen Eiden, daß solche Schande nie mehr über ihn kommen dürfe!

*

Endlich, – endlich ward es Abend! Heiner hatte oft gemeint, die Sonne müsse still stehen, so langsam ging die Zeit hin! Nun aber war sie nicht bloß hinter der im Westen aufsteigenden Wolkenmauer verschwunden, sie war wirklich untergegangen. Mit Gedankenschnelle breitete sich die Wolkenwand über den Himmel aus, eine tiefe, erwartungsvolle Stille brütete über der lechzenden Erde, ein eigentümlich kräftiger Geruch verkündete den baldigen Regen, unerwartet schnell brach die Nacht herein. Heiner begrüßte in seinem Waldversteck nahe an Windsberg, wo er schon seit langen, langen Stunden auf die Nacht wartete, mit Freude diesen Witterungswechsel, der seine Pläne so sehr begünstigte, – den drohenden Regen achtete er nicht. Aber trotz der rasch hereinbrechenden Dunkelheit ward seine Geduld noch auf eine harte Probe gestellt. Die erwartete Ruhe wollte im Dorfe nicht eintreten, Lichter blitzten in den Häusern auf, Laternen huschten wie Irrlichter durch die Scheunen, Höfe und Ställe; noch manche lange, bange Stunde verging, ehe endlich die Riegel an den Haustüren klirrten, die Kettenhunde knurrend in ihre Hütten krochen, die letzten Lichtschimmer erloschen.

Heiners Herz klopfte fast hörbar; erschienen war die langersehnte, langgefürchtete Stunde der Entscheidung, – was wird sie ihm bringen, Freude oder Leid? Er wagte nicht die Möglichkeiten auszudenken, konnte auch nicht; in den Schläfen hämmerte und pochte das Blut, seine Gedanken schwirrten ordnungslos durcheinander.

Schwarz lag der Himmel auf der Erde, ein kaum bemerkbarer fahler Schimmer, von dem sich nicht sagen ließ, gehörte er dem Himmel oder der Erde an, ließ dunkel und undeutlich die Umrisse der allernächsten Gegenstände erkennen und ermöglichte dem an die Finsternis gewöhnten Auge, sich doch noch einigermaßen zurechtzufinden. Ein geheimnisvolles Brausen erfüllte die Luft, trotzdem sie nicht der leiseste Windhauch bewegte; aus der Erde quoll ein dumpf dröhnender Ton, der Gesang des Erdkrebses (Maulwurfsgrille) in den feuchten Wiesen um den Dorfteich; aus dem Tale herauf klangen in schütternden Stößen die Schläge des Sülzdorfer Hammerwerks, und der Fluß rauschte vernehmlich durch die Nacht. Eine drückende Schwüle lag beklemmend auf seiner Brust, sein Atem ging schwer und keuchend, als Heiner auf den Strümpfen, – die Stiefel trug er in der Hand, – vorsichtig in den Schulzenhof schlich.

Den Hofhund, der ihn schon kannte, beschwichtigte er; mit der Örtlichkeit genau vertraut, ward ihm trotz der Finsternis leicht, sich zurechtzufinden. Nur einmal stieß er an Pflüge, die am ungewohnten Orte stehen mußten, daß das Eisenwerk laut klirrte und der Hund knurrte. Atemlos lauschte Heiner, – aber im Hause blieb es still, nichts regte sich; noch vorsichtiger denn zuvor nahm er seinen gefährlichen Gang wieder auf. Und gefährlich war sein Unternehmen bei dieser tiefen Finsternis, die ihn nötigte, sich vollkommen auf seinen Ortssinn, auf das Umhertasten mit Händen und Füßen zu verlassen.

Glücklich erreichte er den Wagenschuppen, glücklich gelang ihm, die Leiter herauszuholen, ohne an das überall herumliegende und hängende Eisenwerk zu stoßen. Nur der Hund war wieder unruhig geworden und schlug jetzt mehrmals kräftig an. Heiner stand zitternd im Hofe und wagte nicht, sich zu bewegen; ward jemand im Hause aufmerksam, so war sein ganzer Plan vereitelt! Atemlos lauschte er, – doch mußte niemand auf den treuen Wächter achten, im Haus blieb es still, auch der Hund beruhigte sich und kroch in seine Hütte.

Noch lange wagte Heiner sich nicht zu bewegen, endlich legte er die Leiter an das Haus und stieg zu Karolinens Kammerfenster empor. Lange klopfte er vergebens, und zu bitten wagte er nicht, aus Furcht, der Hund könne abermals laut werden. Endlich hörte er, wie das Mädchen sich ankleidete; nach einer Weile fragte sie mit unterdrückter Stimme: »bist du's?«

»Freilich bin ich's! – Mach das Fenster auf!«

Das Mädchen zögerte; endlich schob sie das Schiebfensterchen halb zurück und fragte leise: »was willst du?«

»Ach, Karline, magst du so fragen? – Was ich will? – Dich sehen, deine Hand drücken, dich reden hören!« Damit haschte er durch das Fenster nach ihrer Hand.

Das Mädchen trat zurück; sie mußte sich wohl besinnen, denn ihr Atem ging heftig und schwer. Endlich sagte sie noch leiser als zuvor: »und wozu das? – Was soll's?«

»Um Gottes willen, Karline, tu nicht so fremd, nicht so gleichgültig! – Komm, laß mir deine Hand, sag mir nur ein einziges gutes Wort!«

»Und wozu das? – Was soll's helfen? – – Ach, ich bin noch ganz bestürzt, ich kann nicht zu mir selber kommen! – Ich dachte nicht, daß du das Herz haben würdest, noch einmal diesen Hof zu betreten, nachdem – –« Karoline vollendete ihren Satz nicht; unterdrücktes, darum um so heftigeres Weinen brach ihre Stimme.

Heiner erzitterte; mühsam stieß er die Worte hervor: »Karline, Karline, was machst du? – Komm, gib mir die Hand! So viel ich Haare auf dem Kopfe habe, so oft habe ich's schon bereut, was anders gäbe ich darum, könnte ich's ungeschehen machen. – Karline, ich bin schwer gestraft, der eine Tag hat mich um zwanzig Jahre gealtert. Ich weiß alles, was du sagen kannst, ich mache mir selbst die größten Vorwürfe. Nun mache du mich nicht gänzlich elend. Komm, gib mir die Hand, tu nicht fremd, sag's, daß du mich noch gern hast.«

»Und das kannst du so leichthin reden? Das magst du mir ernstlich ansinnen?«

»Karline!«

»Meinst, ich habe gar keine Lieb zu den Eltern im Herzen? Meinst, ich achte sie so wenig, daß es mir gleichgültig ist, was ihnen geschieht, wie mit ihnen umgegangen wird? Nein, solch flackerig, leichtfertig Ding, wofür du mich hältst, bin ich nicht! – Nein, ich hab das vierte Gebot noch nicht vergessen! Meiner Eltern Ehr liegt mir am Herzen wie meine eigene, und was meinen Eltern zugefügt wird, geschieht mir hundertfältig. Das hättest du lang schon wissen müssen. Und wenn was mein Leid noch größer machen konnt, so war's, daß du auch jetzt noch solch Ansinnen an mich stellen kannst!«

»Karline, hab Geduld mit mir, mein Hirn ist wie zerstückt, ich bringe keinen Gedanken zum andern. Ich verdenk dir's nicht, daß du mir bös bist, bin ich doch selber am meisten auf mich erbittert. Ich weiß, ich hab auch ein gutes Wort nicht verdient, – ich verlange es ja auch nicht. Schilt mich, zanke mich, mache mich herunter, so sehr du willst und kannst, ich will nichts erwidern, mit keiner

Wimper zucken, – aber nur das Eine laß mich merken, daß du mir nicht ganz feind bist!«

»Ach, wenn ich noch schelten und zanken dürfte, – ach, dann wäre ja alles, alles gut! Nein, das ist für immer vorbei, das darf nur vorkommen zwischen Leuten, die einig sind und zusammengehören, – ach, und das muß ja bei uns vorbei sein!«

»Nein, Karline, es muß nicht und soll nicht! Jetzt freilich wird dich dein Vater zwingen, von mir zu lassen, – ach mein Gott, ich kann's ihm ja selber nicht verübeln, – und wir müssen uns eben vorläufig in seinen Willen fügen, um ihn nicht noch wilder zu machen. Aber, Karline, ich hab es heut aus seinem eignen Munde gehört, daß er mich wirklich gern gehabt hat! – Darauf müssen wir bauen, Karline! Sein Zorn wird verrauchen, sein Ärger vergehen, ich will unterdes sorgen, daß er mit mir zufrieden sein muß, – das, Karline, muß uns helfen. Die Zeit tut Wunder, glaub's doch! – Und nun gib mir deine Hand!«

»Du irrst, wenn du meinst, ich lasse von dir, bloß weil es mein Vater befiehlt! Nein, nein, und wenn er auch nicht allen Umgang mit dir ernstlich verboten hätte, es müßte doch aus sein zwischen uns. Seitdem du die Hand gegen meinen Vater erhoben, sind wir geschieden, – ja, ja, rede mir nicht drein, geschieden für alle Zeit! – Das, Heiner, ist nicht wieder gut zu machen, und das löscht auch keine Zeit aus. Ich kann dich nichts mehr achten, dir nimmer vertrauen. Ich fürchte mich vor dir; so oft ich deine Hand sehe, muß ich denken: sie hat meinen Vater geschlagen, warum sollte sie sich nicht auch gegen mich erheben? – Der liebe Gott weiß, wie schwer ich gerungen hab; es war eine harte Wahl, aber ich hab mich entschieden, und du weißt, was ich einmal sag, das gilt! – Ich dank dir, Heiner, für all die Lieb und Gütigkeit, die du mir bewiesen hast, – ach, sie hat mich gar so sehr erfreut, hat mir so ins Herz 'nein gut und schön getan! – Ja, ich verberg's nicht, deine Lieb zu mir war mein höchstes Glück, – und nun ist's aus damit, jetzt und für immer. – Ja, Heiner, ich hab dich von Herzen, so recht von Herzen lieb gehabt, – und, – und ich werde dich nie, – niemalen vergessen! – Denk auch du, – manchmal im guten an mich, darum bitt ich dich herzlich! – Und nun geh, wir haben nichts mehr zu verhandeln!« Schluchzend trat sie vom Fenster zurück.

»Ist's dein Ernst? – Karline, willst du mich wirklich von dir weisen?« rief Heiner, seine Umgebung vergessend, laut jammernd. »Karline, – Karline, – tu's nicht, mach mich nicht elend!«

Mit lautem Gebell fuhr der Hund aus der Hütte und riß heulend an seiner Kette. »Um Gottes willen, was hast du gemacht? – Laß mich, ich kann nicht anders, – Gott steh mir bei, es wird mir schwer genug! – Rede nichts, 's ist alles umsonst; es steht nicht in meiner Macht, dich anzunehmen, ich kann nicht über mich selbst hinüber! – Geh, Heiner, um Gottes willen, geh! – Ich hör den Vater, und der Knecht wird auch lebendig! – Mach fort, – ach, es gibt noch ein Unglück, treffen sie dich; die Windsberger haben's besonders auf dich abgesehen! – Geh, eh's zu spät ist!«

»Nein, so geh ich nicht,« rief Heiner entschlossen. »Und sollt ich den Tod finden, ich geh nicht von der Stelle, bis du mir ein tröstliches Wort sagst! – Ich hab schwer gefehlt, Karline, ich leugne's nicht; allein du bist allzu hart, das ist auch ein Unrecht!«

»So verzeih mir Gott, – ich kann dennoch nicht anders,« weinte Karoline und rang in heißer Seelenangst die Hände. »Quäle mich nicht so, Heiner, ich verdien's nicht und hab schon Jammer und Leid genug zu tragen um dich! – Und jetzt geh, mach daß du fortkommst, gleich wird der Knecht und der Vater auf dem Hofe sein! – Geh, – geh doch! – Hast du gar kein Mitleid mit mir? Kannst du mir das antun, daß meinetwillen, unter meinen Augen neues Unrecht geschieht? – Heiner, wenn du mich noch ein linsele lieb hast, wenn dir noch irgend was an meiner Meinung gelegen ist, – geh fort, bring dich in Sicherheit!«

»Ich dank dir, Karline, das Wort soll mir ein Trost sein! – Merke, ich laß nimmermehr von dir, und wenn sich Himmel und Erde dazwischen legen, – wir müssen zusammen kommen! – Ich zwing's, – merk dir das, Karline!« Damit sprang Heiner von der Leiter und verschwand lautlos in der jetzt völlig undurchdringlichen Finsternis.

Es war die höchste Zeit, daß er sich entfernte. Eben ward die Haustür aufgestoßen, fluchend und schimpfend stürmten der Schulze und Hansmichel, der Knecht, in den Hof, ketteten den Hund los und hetzten ihn auf den Entflohenen. Allein das war ein vergebliches Beginnen und hielt die Verfolger nur auf; Heiner ließ seine Stiefel im Schuppen zurück, schlüpfte zwischen Haus und Scheune ins Freie und erwartete ruhig das Weitere. Den Hund fürchtete er nicht, ein Wort genügte, und trotz aller hetzenden Anrufe seines Herrn leckte das Tier dem wohlbekannten Gaste die Hand. Eben rauschte auch der erste Regenguß wolkenbruchartig nieder, vermehrte noch, wenn es überhaupt möglich war, die Finsternis und erschwerte auf dem schlüpfrigen Boden die Verfolgung. Zudem rannte Hansmichel so heftig an die noch lehnende Leiter, daß er mit ihr längslang niederstürzte und später steif und fest behauptete, er habe den ganzen Hof in Flammen gesehen. In der Mitte des Hofes erhob sich ebenfalls großes Klirren und Poltern; der Schulze war über die Pflüge gefallen und schrie: »Potz Velten und Bastel, das ist ja eine niederträchtige Sache, – hab ich doch mit keinem Odem an die Pflüge gedacht, und sehen kann man ja die Hand vor den Augen nicht! – Potz Velten und Bastel, – meine kleine Fußzehe ist weg, – rein weg! – Und der Hund gibt auch keinen Laut von sich, und gießen tut's wie mit Kübeln. 's ist, um gleich aus der Haut zu fahren! – Komm, Hansmichel, geh 'rein; der Racker ist nunmehr über alle Berge, und ich habe bereits keinen trockenen Faden mehr an mir! – Komm ins Haus, der Bursche läuft uns schon einmal in die Hände, und dann soll er meine Fußzehe bezahlen, Gotts ein Donner auch, oder ich will nicht Schulz von Windsberg sein!«

Schaudernd drückte sich Heiner an die Scheunenwand; erst als es ganz still im Haus geworden, kehrte er in den Hof zurück, zog seine Stiefel an, legte den Hund an die Kette und kehrte heim.

Karoline stand mit gerungenen Händen am Fenster, vor Angst und Aufregung wagte das arme Mädchen kaum zu atmen. Erst als Vater und Knecht ins Haus zurückkehrten, machte sich die gewaltsame Spannung in einem Tränenstrome Luft. Weinend setzte sie sich auf ihr Bett, lässig ruhten die gefalteten Hände im Schoße. Wie war ihr so öde, so trostlos leer im Herzen, nachdem sie dem Burschen, den sie noch immer liebte, immer lieben mußte, den Abschied gegeben! Wie oft hatte sie sich gesagt, wie klar stand es vor ihr, daß sie nicht anders konnte, nicht anders durfte, – ja sie wußte, daß, wenn ihr die Entscheidung nochmals überlassen würde, sie auch jetzt nicht anders handeln könne, – dennoch war ihr zu Mut, als habe sie ein groß, groß Unrecht begangen, als sei nicht der Heiner, sondern sie allein die Schuldige. Sie hatte sich von ihm losgesagt, sie nahm sich ernstlich vor, nicht mehr an ihn zu denken, ihn zu vergessen, – ach, und mehr denn je war er der alleinige Mittelpunkt ihres Denkens und Empfindens. Und so wenig sie es sich gestehen wollte: seine letzten Worte, so voll tapferer Zuversicht, die ihr seine Liebe, seine Treue so schön enthüllten, waren ihr wie Feuerfunken in die Seele gefallen und hatten da eine Hoffnung entzündet, die sich nicht wollte unterdrücken lassen.

Schwere Tritte kamen den Gang daher; mit einem flackernden Lichte in der Hand, das Gesicht vor Zorn gerötet, trat ihr Vater ein. Als er Karoline angekleidet auf dem Bette sitzend traf, knirschte er mit den Zähnen, zuckend ballte sich seine freie Faust. »War er da?« fragte er zischend durch die Zähne.

»Wo?«

»Wo? – In der Kammer!«

»Wodurch hab ich solche schimpfliche Frage verdient? Habe ich Euch jemals Veranlassung zu solchem Verdachte gegeben?«

»Belüge mich nicht,« fuhr der Schulze auf. »Vergebens bist du nicht völlig in den Kleidern!«

»Freilich nicht,« entgegnete das Mädchen gelassen. »Hättet Ihr ordentlich gefragt, würde ich den Grund nicht verschwiegen haben.«

»Faselei! – Heraus mit der Farbe!«

»Nun ja, – er war da und hat mit mir geredet!«

»Potz Velten und Bastel, und das sagst du mir so gelassen ins Gesicht, als wär das gar nichts? – Gotts ein Donner auch, hab ich dir nicht jeglichen Umgang mit dem Lotterbuben untersagt? Ist das dein Respekt, dein Gehorsam? – Dich soll ja auch gleich –!«

»Lärmt und tobt doch nicht so, Vater, Ihr wißt, damit richtet Ihr bei mir nichts aus,« sagte Karoline, und vor ihrem ernsten Blicke ließ der Vater die erhobene Faust sinken. »Ich sage Euch frei, mit Euren Gewaltschritten erntet Ihr bei mir nichts, gar nichts! Sähe ich nicht selber ein, daß ich und der Heiner nicht mehr zusammentaugen, nach dem was vorgefallen, – all Euer Lärmen sollte mich nicht soviel anfechten. – Ja, ich hab dem Heiner den Abschied gegeben, aus freien Stücken, ganz allein für mich, – deswegen trefft Ihr mich in den Kleidern. Und nun laßt mich in Frieden, quält mich nicht, denn nicht verhehlen will ich Euch, daß auch für Euch der Handel wenig ehrenvoll ist und Euch kein Recht gibt, mich zu plagen. Der Heiner hat in Übereilung gehandelt, – daß Ihr mit Gewalt die Buchbacher aus dem Holze vertreiben wolltet, wird auch kein Vernünftiger Besonnenheit schelten. – Laßt mich nur, – ich, ich muß für Heiners und Eure Torheit büßen und sie bezahlen; hättet Ihr gestern auf meine Bitten und Vorstellungen gehört, gar viel Unheil wäre verhütet worden. – Ja, auch Ihr traget ein gut Teil Schuld an meinem Elend. – – Ich mache Euch keine Vorwürfe, und nicht ein Wort wird fürderhin in dieser Sache über meine Zunge kommen. Aber meine wahre Meinung darf ich Euch nicht verhehlen, ich mußte Euch das sagen, damit ich in Zukunft Ruhe habe. – So, Vater, Ihr wißt, daß Ihr nichts zu fürchten habt, nun laßt mich allein. – Gute Nacht!«

Aller Zorn war von dem Schulzen gewichen, verlegen kraute er die Haare, wollte etwas sagen, fand nicht die rechten Worte und schob sich endlich mit einem kleinmütigen. »Gute Nacht, Karline! – Potz Velten und Bastel, war ja gar nicht so schlimm gemeint!« aus der Tür.

Auf dem Gange knurrte er: »ein Racker-Mädle, nicht anders zu sagen: ein Racker-Mädle. – Hm hm, das hat sie von mir; die Kuraschiertheit und die Schneid ist ganz von mir! – Ja, ich bin eben der Schulz von Windsberg, ein Mann und bedeut was, – man spürt's sogar an meinem Mädle!«

*

So folgenreich und berühmt war noch keine Buchbacher Kirmes, überhaupt keine Kirmes in der ganzen Gegend geworden; nur schade, daß weder Folgen noch Ruhm erfreulich waren!

Schon am nächsten Tage liefen Klagen über Klagen im Amte ein. Der Gendarm brachte die Schlägerei im allgemeinen zur Anzeige, der Revierförster sah die eigenmächtige Entholzung der Waldparzelle ohne vorherige obrigkeitliche Erlaubnis als strafbaren Waldfrevel an und machte in diesem Sinne seine Eingabe. Der Windsberger Schulz verklagte den Zipfelschneider auf Diebstahl und die gesamte Buchbacher Gemeinde auf tätliche Unterstützung des Diebstahls, sowie auf Widersetzlichkeit gegen die Flurpolizei und Ortsobrigkeit, ferner den Lindenbrunner Schmied, seinen alten Gegner, auf Körperverletzung, und vom Schneidersheiner verlangte er Ersatz der zerrissenen Jacke und seiner Staatspfeife. Der Zipfelschneider dagegen wurde klagbar gegen die Windsberger und Grumbacher Gemeinde wegen gewaltsamen Überfalls und tätlich versuchter Vertreibung aus seinem Eigentum, gegen den Schulzen insbesondere wegen Ehrenkränkung, Beleidigung und offenbarer Bedrohung. Der Ursula verklagte den Döbrichslang und dieser den Friederslipp auf Körperverletzung, der Buchbacher Wirt die Gemeinde Windsberg auf Schadenersatz für das ruinierte Bierfaß samt Inhalt. Und so ging es fort, jeder einzelne war zugleich mehrmals Kläger und Angeklagter, auch die Bergheimer Musikanten gingen nicht leer aus.

In den Ämtern war man erstaunt, überrascht; die Geschichte nahm Verhältnisse an, welche die langjährigste amtliche Erfahrung bei weitem überstiegen. Die gewöhnlichen Kräfte reichten für die so unerwartet hereingebrochene Arbeitsflut nicht aus, man mußte um Unterstützung, Erweiterung des Personals bitten. Dadurch wurden jedoch die höheren Regierungskreise auf diese Begebenheiten aufmerksam; die rohen Exzesse erfüllten mit tiefem Mißbehagen, selbst der Fürst ließ seine Verstimmung, daß sogar unter seiner Regierung noch solche Ausschreitungen vorkommen konnten, den betreffenden Minister sehr deutlich fühlen, – und nun wurden alle Klappen an der Regierungs- und Verwaltungsmaschine geschlossen, man arbeitete mit Hochdruck! Verweise und allergnädigste Ausputzer strömten von oben nach unten; je weiter von seiner Quelle, desto mehr schwoll der Strom an, desto trüber und schmutziger wurden seine Fluten, bis sich an den Subalternen, den gehetzten Gendarmen, Gerichtsboten, den geplagten Schreibern der allerhöchste Unwille in Form von gröbsten Verwarnungen, Drohungen mit sofortiger Dienstentlassung ausließ. Dagegen kam eine wahre Papierflut von unten nach oben in Bewegung, nur mit umgekehrtem Erfolge. Je weiter nach oben, desto sparsamer flossen die Papierquellen, desto kürzer wurden die Berichte, Reklusionen und Rekriminationen, aber auch desto schärfer und zweischneidiger ihr Inhalt. Je mehr Hände die Schreiben durchliefen, desto klarer stellte sich heraus, wie alle Schuld an den bedauerlichen Vorkommnissen den untersten Hebeln der Regierung zur Last falle. – Eine neue Illustration zum alten Traum des weiland Nebukadnezar, ein neuer Beweis, wie auch heutzutage die kunstvollen Staatseinrichtungen auf tönernen Füßen stehen!

Dem Oberamtmann in X. war notifiziert worden, es sei höchsten Orts unangenehm aufgefallen, daß in seinem Gerichtsbezirke dergleichen Ungesetzlichkeiten noch vorkämen; man versehe sich von ihm, daß er dieser wunden Stelle seiner Verwaltung doppelte Aufmerksamkeit zuwenden, Ordnung und Ruhe baldmöglichst wieder herstellen, ähnlichen Vorkommnissen vorbeugen werde. Der Mann war alt, ehrenvoll im Dienste grau geworden und, wie er selbst gern aussprach, angesehen in Hofkreisen, ein Orden stand ihm in sicherer Aussicht, – nun mußte diese fatale Geschichte dazwischen kommen, seine Hoffnung vernichten, ihm im Alter einen Verweis, – den ersten seit Jahren, – zuziehen. War es zu verwundern, daß der alte Herr außer sich geriet, durch seine Zornausbrüche das ganze Oberamt in Schrecken und Verwirrung brachte? – Noch am selben Tage ging ein Schreiben an den Amtmann von Schottendorf ab, dessen Inhalt kein Mensch erfuhr. War der Schrecken im Oberamt groß, so herrschte jetzt im Schottendorfer Amte das bleiche, zähneklappernde Entsetzen. Die Gendarmen und Amtsboten flogen wie Windhunde nach allen Himmelsgegenden davon, auch nicht einen Blick gönnten sie den einladenden Wirtshausschildern; die Zechbrüder, die freigebigen Gönner in den hellen Stuben winkten vergeblich. Fluchend rannten sie vorüber, ballten die Fäuste und keuchten: »wartet, ihr Millionenhunde, ihr dickköpfigen Bauernlümmel, euch will ich die Pelzwäsche eintränken, kujonieren will ich euch, daß ihr die himmelblaue Angst kriegt!« – Die Schreiber saßen mit krummen Rücken hinter ihren Akten, schrieben sich fast die Finger ab, wagten kaum zu atmen, kaum mit den Blicken nach ihren Kollegen zu telegraphieren. Ein Trost waren ihnen die endlosen Straferlasse und Verurteilungen, die sie heute auszufertigen hatten; je härter die Strafen ausfielen, desto schwungvoller gelangen ihnen die Anfangsschnörkel. Ein Bäuerlein, das schüchtern in die Schreibstube schlich, sich gegen ein Trinkgeld bei dem »Herrn Schreiber« einen Rat zu holen, ehe er sich an den gestrengen Herrn Amtmann wagte, brüllte der gereizte Schreiber so fürchterlich an, daß dem Bauer vor Schrecken Hut und Stock aus der Hand fiel, was dem Schreiber erwünschte weitere Gelegenheit gab, über die tölpelhafte Zudringlichkeit der unverschämten Bauernbengel loszuwettern. Ganz verdutzt schlich der Bauer aus der Tür und sagte zum Tiefenorter Schultheißen, der von einem Gendarm begleitet den halbdunkeln Gang herabkam: »'s ist heint schlecht Wetter droben, Vettermann, der Mist stinkt!« Damit machte er mit dem Daumen über die Schulter weg ein Zeichen nach der Schreibstube. – Achselzuckend entgegnete der Schultheiß: »Ja, ich hab's gespürt! Sind die Großen uneins, müssen die Kleinen Haare lassen! Weiß der Teufel, was dem Herrn Amtmann für eine Laus über die Leber gelaufen ist, – ich muß vierundzwanzig Stunden brummen und hab doch nur den Herrn Amtmann fragen wollen, ob wir unsere Kirmes nicht um acht Tage aufschieben dürfen!«

Das war der Beginn eines Sturmes, der den ganzen Amtsbezirk erschreckte, seine volle Wut aber gegen die vier streitenden Dörfer kehrte. Der Amtmann machte es sich zur Ehrensache, die Ordnung in allerkürzester Zeit herzustellen, zugleich den störrigen Sinn der Bauern für immer zu zähmen. Mit unnachsichtlicher Strenge schritt er gegen die Gesetzesübertreter ein, die härtesten Strafen verhängte er, Verordnung auf Verordnung, eine immer schärfer als die andere, wurde erlassen, den Dienern der Polizei die strengste Überwachung der Schuldigen zur Pflicht gemacht, – und ihr Eifer hätte dieses Spornes nicht bedurft; sie warteten ohnedies mit Ungeduld auf Gelegenheit, den Bauern die erfahrene Demütigung zu entgelten.

Schwere, schwere Zeiten kamen für die feindlichen Dörfer; die Gänge ins Gericht zu Verhören, Zeugenvernehmungen waren endlos, aus der notwendigsten Arbeit wurden Väter, Brüder, Knechte gerissen, um ihre Gefängnisstrafen zu verbüßen und keine Bitte um

Nachsicht, um Aufschub der Strafe ward auch nur angehört. Die gefährlichsten Waffen der Regierung waren die Sportelzettel, die immer häufiger in die Häuser flatterten, immer größere Summen den Familien entzogen.

Bald hätte der Amtmann einsehen müssen, daß er zu gefährlichen Mitteln gegriffen, durch seine Härte das Übel gemehrt statt gemindert, würde ihn nicht eben der Zorn, die Verbitterung verblendet haben.

Keinem der Bestraften kam es in den Sinn, die Obrigkeit der Härte oder gar der Ungerechtigkeit zu beschuldigen, sie wußten, sie hatten sich vergangen und Strafe verdient. Allein die Härte der Strafen, statt sie zu demütigen und nachgiebig zu stimmen, vermehrte nur ihren Trotz und Haß. All das Ungemach, unter dem man seufzte, rechnete man den Gegnern zur Last; für jede Gefängnisstrafe, für jede neue Strafsumme schwur man dem Gegner doppelte Rache. Bald begnügte man sich nicht mehr mit persönlichen, mündlichen Verhandlungen, man übertrug die Prozeßführung den Advokaten. Damit trat die ganze Sache in ein neues Stadium. Die Verwicklungen wurden größer, auch den Ämtern entstanden mancherlei Verlegenheiten, – das erregte hier steigende Verstimmung bis in die höchsten Kreise, dort vermehrte es den Haß, die Rachsucht. Und während die Regierung zu immer schärferen Mitteln griff, der Unordnung zu steuern, durchbrach die Erbitterung in den Dörfern alle Schranken. Die Schlägereien mehrten sich in erschreckender Weise, kaum ein Sonntag verlief ohne Zusammenstoß; noch betrübender waren die Spuren zunehmender Roheit, die Verwilderung der Gemüter. Schon waren gefährliche Verwundungen nicht mehr selten, schon begann man heimtückische Bosheit, schleichende Hinterlist zu fürchten. Längst war aller Verkehr zwischen den feindlichen Dörfern abgebrochen, die Wege vergrasten, in den Radspuren sonnten sich Eidechsen und Blindschleichen; Gevatterschaften waren gekündigt, Patengeschenke zurückgegeben, Brautschaften gelöst, – jetzt wagte man sich kaum mehr allein an die feindlichen Flurgrenzen. Dazu war der häusliche Friede in fast allen Familien untergraben; Zwietracht, Zank der Ehegatten, der Geschwister, der Eltern mit den Kindern vollendete das Unglück. Der Wohlstand ging zurück, Zucht und Sitte schwand; schon suchten viele Hausväter Trost im Trunk!

Die Ämter, – auch der Oberamtmann hatte sich persönlich der Sache angenommen, – taten ihre Pflicht immer eifriger, die Verordnungen hetzten einander, die Überwachung ward verschärft, die Gendarmerie des Bezirks verstärkt, zuletzt in die betreffenden Orte selbst verlegt, – alles umsonst. Der Trotz der Bevölkerung war durch Gewalt nicht zu brechen, ja der übermäßige Zwang rief neue Übel hervor, ohne die alten zu beseitigen. Die endlosen Strafen erbitterten endlich die Gemüter auch gegen die Obrigkeit; besonders die Gendarmen waren als Angeber verhaßt, – oft kehrte sich der Zorn gegen sie. Die Amtleute waren außer sich, der alte Oberamtmann wütete, und im Ernst trug er sich mit dem Gedanken, durch Militäreinlegung die rebellischen Ortschaften zu bändigen.

Der Dorfkrieg erregte Aufmerksamkeit in weiteren Kreisen; Nachbarregierungen fürchteten das böse Beispiel, glaubten dem Treiben nicht mehr gleichgültig zusehen zu dürfen; es kam zu ziemlich lebhaftem Notenwechsel, der den Fürsten um so tiefer verstimmen mußte, da er sich bisher auf seine patriarchalische Musterregierung viel zugute getan. Er verlangte genaue Darlegung der Sachlage, wie der bisher eingehaltenen Wege, – und ein vertraulicher Wink von auswärts war nicht verloren: der Fürst war entrüstet über die ganz unzeitgemäße Härte der Regierungsmaßregeln. Der vortragende Minister ward sehr ungnädig angelassen, indem Seine Durchlaucht sich selbst fernere Anordnungen vorbehielten. – So hatte der vom Zipfelschneider in Buchbach begonnene Dorfkrieg fast zu einer Ministerkrisis geführt.

Allein der Minister wäre ein schlechter Politiker gewesen, hätte er sich von der allerhöchsten Sinnesänderung überraschen und aus dem Sattel heben lassen. Schon lange vor Eintritt der – erwarteten – Katastrophe hatte der gewandte Weltmann seine Maßregeln ergriffen und durch Gegenminen einer allzu gefährlichen Explosion vorgebeugt. Mit ungeheuchelter Befriedigung konnte er darum die neuen Ideen des Fürsten, der durch Milde und kluge Nachsicht Versöhnung der Gemüter verlangte, entgegennehmen, seinen ungeteilten enthusiastischen Beifall durch leise Andeutungen verstärken, wie er längst gefunden, der sonst außerordentlich verdiente, höchst achtungswerte Oberamtmann werde alt; seine leitenden Grundsätze seien aufrichtig gut gemeint, aber veraltet, ungenügend den neueren, vielfach schwierigeren Verhältnissen gegenüber. Schon lange habe er ausgesprochen, nur ein gründlicher Wechsel des Systems könne dem aufgeregten Landesteile die Ruhe wiedergeben, allein seine Ansicht sei im Staatsrate stets auf so heftigen Widerstand gestoßen, daß er damit nicht habe durchdringen können. Erfreut, solchem vollständigen Verständnis zu begegnen, gab der versöhnte Fürst dem überglücklichen Staatsmann das unzweideutigste Zeichen seiner wiedergewonnenen Huld und Gnade durch den Befehl, demnächst in einem Schriftstück das Weitere nachzuweisen, wie besagter Systemwechsel am besten, gründlichsten und schnellsten durchzuführen sei, ohne bewährten treuen Dienern des fürstlichen Hauses schmerzliche Demütigungen zu bereiten. Und als der Minister mit tiefer Verbeugung flüsterte: »Ich eile, Serenissimus das Memorial zu Füßen zu legen, das, schon lange vorbereitet und in der Stille vollendet, nur des Augenblicks harrte, da Seine Durchlaucht geruhen würden, einem treuen Diener zu gestatten, seine unmaßgeblichen Ansichten Allerhöchstdemselben zu eigener hoher Prüfung zu unterbreiten,« – da ging ein Leuchten über die Züge des energischen, raschen Monarchen, im Eifer geleitete er den Staatsmann selbst bis zur Türe des Kabinetts, und die Abschiedsworte, vernehmlich genug gesprochen, daß sie im Vorsaal gehört werden mußten, hatten augenblicklich die Wirkung, daß alle Anwesenden vor dem stolz aufgerichtet Dahinschreitenden sich tiefer denn je beugten.

Ja, der Minister hatte einen vollständigen Sieg errungen, und in den höchsten Kreisen vollzog sich geräuschlos eine kleine Revolution. Der Staatsrat erfuhr eine teilweise Erneuerung, einige alte Gegner des Ministers wurden in ehrenvoller Anerkennung ihrer Verdienste aus dem Staatsdienst entlassen, ihre Stellen mit jüngeren, ergebeneren Persönlichkeiten besetzt und so der Einfluß des Ministers auf den Fürsten auch für die Zukunft gesichert. Der Oberamtmann ward zum Namenstag des Fürsten wirklich dekoriert, durch ein schmeichelhaftes Handschreiben des Fürsten geehrt, – vier Wochen darauf jedoch war er, – auf sein Ansuchen, – ebenfalls aus dem Staatsdienst in Gnaden entlassen. Der Amtmann von Schottendorf bekam keinen Orden, er ward in ein entlegenes Städtchen versetzt und ihm bedeutet, er möge dort versuchen, mit dem Geist der Zeit fortzuschreiten! Auch im niederen Gerichtspersonal traten mancherlei Veränderungen ein, für die Betreffenden wenig erfreulich;

obendrein regnete es Verweise und Verwarnungen, auch an Drohungen ward nichts gespart.

Der Zipfelschneider ahnte nicht, welche tiefeinschneidenden, folgenreichen Bewegungen er hervorgerufen!

Der Systemwechsel trat nun wirklich ein, sowohl im Oberamt als auch in Schottendorf; seine Folgen zeigten sich bald, aber der erwartete Erfolg wollte nicht sogleich hervortreten. Gerade der plötzliche Umschwung in den Regierungskreisen, der unvermittelte Übergang von der härtesten, lieblosesten, rücksichtslosesten Strenge zur freundlichen Nachsicht, zur humanen, achtungsvolleren Behandlung des Irrenden rief neue, heftige Erregungen hervor. Man hielt die Milde der Regierung für Reue über früheres Unrecht, dies steigerte die Erbitterung; man legte sie für Schwäche aus, dies lockte zu neuen Ausschreitungen. Zum Glück für das Volk war die Regierung diesmal in der Wahl der beiden Oberbeamten wirklich glücklich gewesen. In ihrem Charakter vereinigte sich aufrichtiges Wohlwollen, wahre Herzensgüte mit sittlichem Ernst und unbeugsamer Willensfestigkeit. Nachsichtig, unermüdet in der Geduld gegen Irrende, griffen beide Amtmänner rücksichtslos durch, begegneten sie Bosheit oder üblem Willen. Wohl machte ihnen das anfängliche Fehlschlagen ihrer Hoffnungen Schmerz, doch ließen sie sich nicht verbittern; ruhig, fest, unbewegt verfolgten sie ihren Weg, und bald zeigte sich die Wirkung ihrer Beharrlichkeit. Die erschreckten, verdüsterten Gemüter faßten Vertrauen zu den ernsten, würdigen Männern; allmählich gingen den Verbitterten die Augen auf über ihre törichte Verblendung, die langdauernde Spannung aller Leidenschaften wich einer physischen und moralischen Ermüdung, in den feindlichen Dorfschaften sehnte man sich nach Ruhe, Ordnung, Ausgleich und Frieden.

Die Beamten fanden einen Bundesgenossen an der öffentlichen Meinung, die sich zwar im Anfang selbst parteiisch geteilt, jetzt aber, da die Folgen immer betrübender hervortraten, scharf und bestimmt gegen den Unfug kehrte. Der harte Tadel, der sie von allen Seiten traf, machte die Streitenden stutzig, sie begannen ihre Handlungen in anderem Lichte zu sehen, – das vermehrte ihre Sehnsucht nach Frieden. – Dennoch kam es zu keiner Versöhnung.

Woran das lag? – Einfach an dem Windsberger Schulzen und am Zipfelschneider! Beide beharrten starrsinnig auf ihrem vermeintlichen Recht; von Vereinigung, von Vergleichen wollten sie nichts hören, nur nach völliger Unterwerfung des Gegners erklärten sie sich zu weiteren Verhandlungen bereit. Und die deutsche Treue bewährte sich hier wieder, wenn auch in böser Sache. Die Dorfschaften hatten nun einmal die Angelegenheit der beiden Gegner zu der ihren gemacht, und so standen sie auch noch da treu zu ihnen, wo sie an ihr Recht nicht mehr glauben konnten.

Doch dürfen wir dem Zipfelschneider nicht unrecht tun. Er war nicht grundsätzlicher Gegner eines Ausgleichs, ja er hatte selbst schon die Hand zum Frieden geboten, allerdings mit Bedingungen. Nicht vergebens jammerte er oft: »mein Häusle steht auf Papiergrund, ein paar Tropfen Tinte können es wegschwemmen mit all meinem Hab und Gut!« – Er war bereit, nachzugeben, wenn ihm der Schulz die Hälfte des strittigen Waldbodens einräume, dadurch wenigstens bedingt sein Recht anerkenne, die Ehre seines Namens wieder herstelle. Davon wollte jedoch der Schulz unter keiner Bedingung hören. Leider war er in die Hände eines Advokaten gefallen, der, ohne Gewissen, ohne Ehrgefühl, sein Amt eben nur als milchende Kuh ansah, die Dummheit der Menschen verhöhnte und doch darauf spekulierte. Ohne Besinnen übernahm er jeden Prozeß, mochte er noch so ungerecht, noch so aussichtslos sein, – wenn er nur hoffen konnte, seinen Vorteil dabei zu finden. Hatte er aber einen zahlungsfähigen Klienten in den Klauen, den ließ er nicht los, bis er ihn ausgepreßt wie eine Zitrone. Durch rabulistische Kniffe und Pfiffe schob er die Entscheidung hinaus, trügerische Hoffnungen wußte er meisterhaft zu erregen und so die Spannung, die Streitsucht seines Klienten immer mehr zu steigern. Seine Opfer ließ er nicht zu Atem, nicht zur Besinnung kommen. War dann der Prozeß verloren und wollten ihn die Betrogenen an frühere Versprechungen und Zusagen erinnern, so lachte er sie aus und warf sie vor die Tür. So hatte er auch den Windsberger Schultheißen umgarnt und dachte nicht daran, ihn sobald loszulassen. Auf die Verheißungen seines Advokaten gestützt, pochte aber der Schulze immer trotziger auf sein Recht, verlangte unbedingte Unterwerfung, Übernahme sämtlicher Kosten vom Zipfelschneider und obendrein Schadenersatz für den zerstörten Fichtenbestand. Darauf konnte natürlich der Zipfelschneider nicht eingehen, und das hochfahrige, anmaßende Benehmen des Schulzen verdroß zuletzt auch die Buchbacher und Lindenbrunner; sie schlossen sich wieder fester an den Zipfelschneider, den sie jetzt selber zur Ausdauer mahnten. Die Windsberger, besonders die Grumbacher, waren schon lange nicht mehr mit dem Schulzen zufrieden, allein die schroffere Weise der feindlichen Nachbarn erschien ihnen wie eine Herausforderung; sie traten den alten Gegnern auch wieder trotziger entgegen, und so schien, entgegen aller Bemühung der Regierung, ein neuer Ausbruch des Kampfes unvermeidlich. Die Bestürzung in beiden Ämtern war groß; der Fürst verbarg seinen Unmut über das Mißlingen nicht, der Minister drängte in fieberhafter Hast zur Beendigung des Dorfkrieges, der nun schon zum zweiten Male seine Stellung bedrohte, und auch der Ehrgeiz der beiden wackern Amtleute erwachte. Aber umsonst verdoppelten sie ihre Bemühungen; vom Zipfelschneider, das sahen sie selbst ein, waren weitere Zugeständnisse nicht zu erwarten, auch nicht zu verlangen, und der Schulze behauptete halsstarrig seinen Sinn. Alle Warnungen und Mahnungen der Amtleute wies er trotzig ab; den Rat der Nachbarn und Freunde widerlegte er mit den Gründen seines Advokaten; die Tränen, den Harm, die Angst seiner Familie übersah er. Oft klagte die Schulzin: »sagte ich's nicht, das Unglückshölzle frißt noch unser Hab und Gut auf? – Gott im hohen Himmel droben, was soll noch aus uns werden, kommt der Vater nicht zur Einsicht!«

So standen die Sachen, als schon das zweite Jahr seit dem Beginn des Dorfkrieges zu Ende ging. Mit schwerem Herzen wanderten die Bergheimer Musikanten nach Buchbach, dort zum Tanze aufzuspielen, – ach, ihnen war gar nicht kirmeslustig zu Mut!

Die Sonne stand schon tief. Ihre fast wagerecht einfallenden Strahlen verbreiteten in dem harzduftigen Kiefernwald auf der Windsberger Höhe eine wundersame Helle und durchleuchteten ihn bis in die entferntesten Winkel. Aus dem reizenden Gewirr von Licht und Schatten, – der ganze Wald mit seinen schlanken Stämmen, gitterartig ineinander verflochtenen Zweigen, dem Netzwerk der zartgegliederten Nadelbüsche glich einem durchsichtigen, goldgestrickten Gewebe, – hoben sich kräftig und farbenfrisch ab die rotangestrahlten Kiefernstämme, und die leise zitternden Nadelbüsche schimmerten und blitzten im grüngoldnen Lichte. Selbst auf den dürren, braunen Nadelleichen, die in dicker Schicht den Boden deckten, lag ein warmer, rötlicher Hauch, und die frischgrünen Heidelbeersträucher, die in üppiger Fülle da und dort aus dem Waldboden hervorquollen, glichen lichtglänzenden, goldgrünen Inselchen inmitten des dunklen Nadelmeeres. Kein Lüftchen regte sich; noch lag zitternd die Hitze des Mittags auf dem schmalen, tiefausgefahrenen Sandweg, der sich durch den Kiefernbestand schlängelte. Da und dort sonnte sich eine Blindschleiche in den durchglühten Radspuren, eine Eidechse schlüpfte spielend durch die rauhen blütenlosen Glieder der Heidesträucher, ein bescheidenes gelbes Waldblümchen, das einsam über den Wegrand hereinnickte, umsummte melancholisch eine Hummel, und eine Bachstelze wippte unermüdlich um einen kleinen Wassertümpel. Tiefe Stille! Nur zwei Raben zogen krächzend über den Wald und erschreckten die Bachstelze, daß sie eilig davonschwirrte; schallend klang von Zeit zu Zeit das Klopfen des Spechtes durch den Forst, und von fernher tönten klingend die Steinschlägel der Arbeiter im Sandsteinbruch. Sonst regte sich kein Leben, geheimnisvolles Schweigen brütete über dem einsamen Wald.

Doch nicht ganz einsam! Durch den tiefen, weichen, jeden Schall dämpfenden Sand schritt ein schlankes, frisches Mädchen, von Licht und Schatten abwechselnd umspielt, von Glanz umwoben, der sinkenden Sonne entgegen. Allein ihr Auge sah nichts von der Herrlichkeit ringsum, sie verhüllte das Gesicht in die Schürze, heftiges Schluchzen hob und senkte ihren Busen. Achtlos schritt sie dahin; doch plötzlich schrak sie darum so heftig zusammen, als es in den dichter stehenden Büschen rauschte und eine Männergestalt in den Weg sprang. Die Sonne blendete wohl das forschende Auge. Dennoch begann das Mädchen zu zittern, sie hatte den Harrenden erkannt. Ausweichen war unmöglich, – sollte sie vorwärts oder zurück? Endlich faßte sie einen Entschluß; trotzig preßte sie die roten Lippen zusammen, wischte hastig die Tränen aus den Augen, strich ihre Schürze glatt, blickte angelegentlich seitwärts und wollte an dem Wartenden vorbeihuschen. Allein dieser faßte ihre Hand, hielt sie trotz ihres Sträubens, – es war auch offenbar kein rechter Ernst in diesem Widerstand, – fest in beiden Händen und sagte weich: »Karline, ich lasse dich nicht, habe zu lange schon mit Schmerzen auf Gelegenheit gepaßt, mit dir allein zu sein; heute lasse ich dich nicht, ich muß wissen, wie ich mit dir daran bin; heute muß sich's entscheiden, ob du mich zu einem ganz elenden Menschen machen willst. Karline, zwei Jahre hab ich das Leid ertragen, – nun ertrage ich es nicht mehr, wenigstens so nicht mehr! Bleibst du fest auf deinem Sinn, – überreden will und mag ich dich nicht, dann ist's entschieden, ich wandere aus, gehe nach Amerika, vielleicht, daß ich dich in der Fremde vergesse!« Ein tiefer, gewaltsamer Seufzer sagte, wie wenig er seinen eigenen Worten glaubte. »Ja, Karline,« fuhr der Schneidersheiner nach einer Pause fort, »ich überrede dich nicht, aber sagen muß ich dir noch einmal, wie schwer mir's auf dem Herzen liegt, ehe wir, – für immer, – scheiden! – Ja, ich ertrag das Leben nicht mehr, die ganze Welt ist mir zur Last, ich will fort, weit, weit fort, damit ich wenigstens nicht sehe, wie ein anderer Bursch mit dir glücklich wird!«

Das Mädchen weinte und rang nach Atem; als Heiner keinen Blick erhaschen konnte, fuhr er seufzend fort. »ich halte mich nicht bei dem auf, was vergangen und nicht zu ändern ist. Meine tolle Wildheit habe ich schwer genug gebüßt, das weiß Gott im Himmel, und was ich jetzt bin, mögen die zwei Jahre bezeugen, – reden die nicht für mich, ist ohnedies jedes Wort vergebens! – Im Anfang hab ich deinen – deinen Trotz noch am leichtesten getragen; ich meinte immer, so auf einen Schlag könne nicht alle Lieb aus und vorbei sein, – wenn's eben wahre Lieb gewesen ist, – und daran hab ich damals nicht gezweifelt. Du warst mir bös, das mit Recht, darüber durft ich nicht klagen. Ich trug auch deinen Verdruß mit Geduld, ja, ich muß dir schon sagen: daß du so herzhaft auftreten konntest und mir Ernst zeigtest, war mir gerade recht, ich hab Respekt vor dir 'kriegt, mit jedem Tag bist du mir werter 'worden. Ich meinte eben, im Grund deines Herzens müßtest du mir noch gut sein. Wenn sich auch ein groß Leid und ein traurig Unglück darüber gelegt, die Lieb sei doch nicht zu ersticken, nach und nach müsse wenigstens wieder ein Funkeln durchbrechen, und größer werden und größer, – bis, – ja bis eben die alte Gütigkeit wieder da sei. Darauf habe ich um so gewisser gehofft, da dir nicht verborgen geblieben sein kann, wie ich treu an dir festgehalten und mir Mühe gegeben habe, mich deiner wieder wert zu machen. Ja, das hab ich gehofft, lang, lang; aber es ist anders 'kommen, als ich gedacht, ganz anders! – Ich mach dir keinen Vorwurf, Karline, – du lieber Gott, wie dürft ich das, aber schwer ist mir das Leben geworden. Zuletzt sind mir auch Zweifel über dich gekommen, ich ward mißtrauisch auf dich und alle Welt, dacht: warum quälst du dich vergebens? Kann sie dich so leichthin aufgeben, warum sollst du sie nicht vergessen können? Nun wollte ich mir die Gedanken an dich aus dem Sinn schlagen, wollt mich bei andern Mädchen trösten, wieder lustig sein wie ehemals. – Hab das oft probiert, mußt aber immer spüren, daß das nimmer ging, der alte Schneidersheiner war eben fort und nimmer zu finden. Die Lustbarkeit tat mir weh, und saß ich bei den Mädlen, kam eine Angst über mich, daß ich aus der Welt hätte laufen mögen. Und ich konnt nicht und konnt nicht dich vergessen, bis heut nicht! Und nun habe ich die Musikanten heimlich verlassen, – 's ist so nicht viel Leben in Buchbach, – um dich zu treffen und noch einmal, – zum letztenmal, Karline, – ernstlich zu fragen, wie's werden soll in Zukunft zwischen uns. – Ich überrede dich nicht, Karline, aber sagen darf ich wohl, daß ich dir in Treuen zugetan bin und dich achten und in Ehren halten wollte allezeit, nähmst du mich wieder an. So red du, – rund und klar: ja oder nein! – Hast du mich vergessen, werd ich dir nimmer zur Last fallen, – in acht Tagen bin ich weit, weit fort! –Red jetzt!«

Allein Karoline konnte nicht reden, sie verhüllte ihr Gesicht und weinte laut. Heiner hätte wohl erschrecken können, doch war ihm ein Trost, daß ihm das Mädchen seine Hand nicht entzog, ja seine Hand fest, heftig drückte. Wunderliche Gefühle durchfluteten ihn; wie helles Klingen und Singen die Ahnung des höchsten, seligsten Glückes, – daneben eine tiefe, schmerzliche Wehmut! Seine Augen wollten sich feuchten im doppelten Drang des Glückes und Leides, allein er bezwang sich, hielt männlich an sich. Keinen Versuch machte er, die Weinende zu trösten, drang nicht in sie um Entscheidung, – zwei Jahre hatte er sich gedulden müssen, sollte er jetzt um Minuten die Geduld verlieren? Stille schritt er neben dem holden Mädchen dahin, ließ ihr Zeit, sich zu sammeln, nur ihre Hand, die noch in der seinen ruhte, streichelte er lind und leise. Endlich erhob das Mädchen den Kopf, blickte ihm mit den großen tränenvollen Augen fest, ehrlich ins Angesicht und sagte, oft von Schluchzen unterbrochen: »was ich zu sagen hab, ist wenig. Vergessen hab ich dich nicht, nicht einen Augenblick, und die Lieb ist auch bei mir gewachsen statt abzunehmen. War mir auch niemalen darum zutun, dich zu vergessen, nein, gewiß nicht! – Darfst mir's glauben, es hat mir schwer genug auf der Seel gelegen, wie du mir in jener Nacht vorwarfst, ich sei allzu hart! Das Wort ist mir überall nachgegangen, ich konnt's nicht loswerden, und doch auch nicht finden, wie ich hätte anders reden sollen! – Ja, danach hat mich deine Anhänglichkeit wohl gerührt, deine Rechtschaffenheit war mir auch ein Trost, – aber wie nun das Leid immer ärger über uns hereinbrach, wie der Jammer in den Dörfern kein End nehmen wollte, da bin ich nochmals über dich erzürnt, dir ernstlich bös 'worden und hab mir im stillen gelobt, dich nimmer anzuhören. Danach sind mir freilich wieder die Augen aufgegangen, ich hab eingesehen, daß dich nicht mehr Schuld trifft, als die andern auch, ja daß deiner Jugend eine Torheit wohl eher zu verzeihen ist, als den Männern in gesetzten Jahren! – Ist eben zu spät 'kommen die Einsicht! Und jetzt kann ich nichts sagen als das: ich hab dir schwer Unrecht angetan, – nicht in jener Nacht, sondern erst danach, und darum bin ich deiner Liebe und Treue nimmer wert!«

Heiner atmete tief, – tief. Die Hand des Mädchens streichelte er längst nicht mehr, aber er hielt sie fester und fester. Plötzlich blieb er stehen, zog die Hand mit der Schürze von ihren Augen, hob ihr Gesicht empor und fragte leise: »hast du mir nichts mehr zu sagen, – wahrhaftig nichts mehr?«

»In Gottes Namen, – ich kann nicht anders! Such dir ein besseres Mädle, ich verdien's nicht, daß du mir gut bist!«

»Karline, – mein Herzensmädle,« sagte Heiner weich, und doch klang ein innerer Jubel aus den leisen Worten, und er konnte nicht hindern, daß sich nun doch seine Augen feuchteten. »Karline, – ist's möglich? Ist's wahrhaft? Du bist mir nicht bös, – verachtest mich nicht, – – fürchtest dich wirklich nimmer vor mir und hast Vertrauen? ^ Karline, – Liebste, – sag, ist's auch wirklich so?«

Und diesmal brauchte er ihren Kopf nicht erst zu erheben, – sie selber schlang beide Arme um seinen Hals, drückte ihr Gesicht fest, fest an seine Brust und flüsterte: »ich kann nicht anders, – du bist mir das Liebste, das Werteste auf der Welt, – und wärst du fort 'gangen, wie hätte ich das Leben ertragen sollen?«

Tiefer sank die Sonne, der westliche Himmel glühte, und rosig angehauchte Wölkchen schwammen in dem Flammenmeer, – einzelne Liebesgedanken, Liebestaten, ruhend auf dem unendlichen, ewigen Meer der göttlichen Liebe! – Ein warmer, rötlicher Hauch lag auf den stattlichen, schönen Gestalten, als sie Hand in Hand weiterschritten. Herrlicher aber als alle Pracht des Himmels war der Glanz, der aus ihren klaren, treuen Augen leuchtete. Ein Blick in diese Augen war ein Blick in das verglühende Abendrot vergangener Schmerzen und bleibender Sorgen vor dunkler Zukunft; es war aber auch ein Blick in das klarste Morgenrot hoffender Liebe, gegründet auf erprobte Treue, sittliche Bewährung. Und welch wundersames Leben war in beiden Gemütern erwacht! Wie ein linder Mairegen alle Knospen sprengt, tausend Keime und Blüten aus dem Boden lockt, daß nun plötzlich die Welt eine andere geworden ist, so reich, so herrlich, voller Farben, Duft, Licht und Leben, – so in den Herzen der Liebenden, die jahrelang nach dem befreienden, erquickenden Maienregen eines erlösenden Wortes geschmachtet. Der Frühling war da, aber noch trotzte auf den Höhen der Winter im kalten Schneerock, und die Sonne drohte nur allzubald wieder zu verschwinden hinter fahlgrauer Wolkenmasse, die schon einzelne Wind- und Hagelschauer hinabsendete in die blühenden Täler.

»Ja, Karline,« sagte Heiner und ließ den Kopf sinken, »das Herz möchte einem zerspringen bei dem Jammer in den Dörfern, und das Schlimmste bleibt, daß noch lange kein Ende abzusehen ist. Du weißt, Liebste, wie schwer ich trage, daß ich mich an deinem Vater vergriff, – eigentlich dürft ich um deswillen kein Wort mehr sagen. Allein ich kann dir doch nicht verschweigen, Karline: dein Vater hat eine Verantwortung auf sich geladen, die ich nicht um alle Schätze der Welt tragen möchte. Dein Vater ganz allein ist's, der die Feindschaft in die Länge zieht; an ihm allein liegt es, wenn nicht Ruhe und Ordnung wird, alles Schlimme, was noch geschieht, fällt allein ihm zur Last. Und das fremde Elend ist's nicht allein, was mich bekümmert; ach, es ist ja kein Zweifel, durch seinen Starrsinn schadet er sich selber am meisten, durch seinen unvernünftigen Trotz wird er sich und seine Kinder noch ins Elend rennen. Du warst in der Stadt, – wie steht's bei euch?«

»Schlecht, Heiner,« rief das Mädchen im neu ausbrechenden Jammer. »Schlimmer wie schlimm! Zwar der Advokat tröstet gut und verspricht das Beste, aber ich traue ihm nicht, das ist kein aufrichtiger, ehrlicher Mensch. Der Oberamtmann sagt das auch, hat erst heute wieder gewarnt vor den Advokaten. – Ach Gott, die Angst hat mich schon fast umgebracht, auf dem ganzen Weg ist mir noch kein Auge trocken geworden. Mit uns steht's schlimm, arg schlimm! Denke nur, der Herr Oberamtmann fragt, ob der Vater noch gar nicht andern Sinns geworden, und wie ich das Weinen nicht zurückhalten kann, sagt er wohl dreimal so vor sich hin: ›armes, armes Kind!‹ Wie ich ihn danach aufs Gewissen frage, wie's mit unserem Prozeß steht, zuckt er die Achseln und sagt: ›vorausbestimmen kann ich auch nichts, die Entscheidung ist noch allzufern, aber gut steht die Sache Ihres Vaters nicht, das ist gewiß. Und gibt er nicht noch beizeiten nach, vergleicht er sich nicht mit dem Gottfried Wunderlich, so kann es ja wohl sein, daß er jenen zugrunde richtet, aber Ihr Vater ist dann auch ein ruinierter Mann.‹ – Wie ich darauf mich nicht mehr halten kann und auf einen Stuhl sinke, sagte er wieder: ›armes, armes Kind! – Ja, ich darf Ihnen nicht verhehlen, man ist bis in die Hauptstadt, ja im Schloß sehr ungehalten über Ihren Vater, besonders seit er den Vorschlag der Regierung, daß ihm nach einem gütlichen Vergleich mit dem Wunderlich alle Gerichtskosten erlassen werden sollten, – seit er diesen Vorschlag barsch abgewiesen hat, ist man sehr erbittert, und auf Nachsicht von unserer Seite hat er nicht mehr zu rechnen. – – Versuchen Sie noch einmal, was Sie können, Karoline, es wäre ein gutes Werk, brächten Sie Ihren Vater zur Vernunft, – ein Glück wäre es für Ihre Familie und für die vier Dörfer. Bringen Sie ihn zum Nachgeben, so will ich es durchsetzen, daß ihm dennoch die Gerichtskosten erlassen werden, ja ich verspreche meinen Beistand gegen den Advokaten, dem wir bald einmal auf die Finger klopfen werden, daß auch seine Rechnungen nicht gar zu übermäßig ausfallen. – Aber bald muß das geschehen, Karoline, bald, sonst kann ich nichts mehr tun. Sparen Sie keine Mühe, bedenken Sie, es handelt sich um Ihr Vermögen. Sollte der Schneider Wunderlich den Prozeß gewinnen, was mir sehr wahrscheinlich dünkt, – dann ist Ihr Vater ein verlorner Mann!‹ – So der Amtmann; nun denk dir meine Angst, meine Verzweiflung!«

»Schlimm, schlimm,« seufzte Heiner. »Und hast du Hoffnung, daß du deinen Vater umwenden wirst?«

»Keine! Da ist jedes Wort verloren!«

»Gott im Himmel, – ist's erlaubt, daß eines Menschen Unverstand solches Unheil anrichtet? – Ist's nicht, als müßte man mit Fäusten dazwischenschlagen?«

»Ja, 's ist eine schwere Prüfung, die uns der Herrgott auferlegt,« schluchzte das Mädchen. »Es handelt sich nicht allein um Armut, uns droht noch ganz anderes Elend! Schon ist der Vater fast nicht mehr zu kennen, so hat er sich verändert; tage- und nächtelang liegt er in den Wirtshäusern; kommt er dann mit wüstem Kopfe heim, so ist nichts als Fluchen und Schelten von ihm zu vernehmen. Schon will kein Dienstbote mehr bei uns bleiben, und die Arbeit bleibt liegen. – O Gott, was soll noch aus uns werden? Armut und Schande sind uns gewiß, – wer weiß, was es mit dem Vater noch für ein Ende nimmt! – Heiner, hilf! – Hilf mir, der Mutter, den Geschwistern! – Verlaß uns nicht, Heiner, hilf uns, all mein Lebtag will ich dir's danken, dir's vergelten durch – –«

»Still doch,« unterbrach sie der Jüngling. »Passen sich solche Bitten für dich und mich? – Meinst nicht, daß mir selber das Herz weh tut, daß ich was anders drum gäbe, könnte ich euch beistehen? Wäre damit nicht zugleich uns selber geholfen? – – Aber was anfangen, was tun? – Bei dem Zipfelschneider ist nichts zu machen, der kann nicht weiter nachgeben, – also bleibt bloß dein Vater! – Wie kommt man an ihn? – Mit Gründen ist nichts ausgerichtet, – vielleicht mit Schrecken? – – Hm, hm! Wenn wir deinem Vater auf irgend eine Art die Höll recht heiß machten, ihn gründlich in Angst jagten, das könnte eine Hilfe sein! – Wie meinst du?«

»Ich glaub das selber! Aber wie willst du das anfangen?«

»Ja, wenn ich das wüßt? – Ohne List geht das nicht ab, denn mit Wahrheit und Aufrichtigkeit ist deinem Vater nicht beizukommen! – Hm, hm, starker Tabak müßt das gleich sein, und natürlich dürft's nicht 'rauskommen, denn merkt er was vor der Zeit, ist alles verloren! – – Hm, hm, wie macht man das doch, fällt mir gar nichts ein? – Halt, das ging! – Karline, soll ich was wagen?«

»In Gottes Namen, ich bin nicht dagegen, wenn's den Vater nicht verunehrt; es bleibt uns nichts übrig,« seufzte Karoline, deren Blicke erwartungsvoll an Heiners Mienen hingen. »Rede, – was hast du vor?«

»Laß mich, – 's ist nur ein Gedanke, weiß selber nicht recht, wo es hinaus will. Aber geschehen muß etwas und das bald, – laß nur, dringe nicht in mich, es ist auch besser, du kannst mit gutem Gewissen sagen, du habest um nichts gewußt. – Laß nur, – und jetzt wollen wir scheiden, die Geschichte geht mir arg im Kopf herum, überdies wäre es schlimm, würden wir von Windsbergern zusammen gesehen. – Karline, ich dank dir aus Herzensgrund, daß du mich nicht verstoßen. Ich bin in Wahrheit schon ein ganz anderer Mensch; ich meine auch, nachdem wir uns geeinigt, müsse auch alles wieder in Richtung kommen! – Sei nicht gar so ängstlich, Karline, ich weiß gewiß, es wird sich machen und dann, ach, Karline, um mich dreht sich die ganze Welt, denk ich dran, daß du vielleicht schon bald im Buchbacher Schneidershäusle deinen eigenen Haushalt führen wirst. – Behüt dich Gott, du mein herztausiger Schatz, behüt dich Gott, – und denk an mich!«

Noch einmal flammte die untergehende Sonne auf und übergoß mit einem Glutstrom das Paar, das sich fest umschlungen hielt. Sie sank, von Bergheim tönte die Abendglocke herüber, im Tal wogten weiße Nebelflöckchen auf. Sanft machte sich das Mädchen los; mit gefalteten Händen und überfließenden Augen blickte sie dem Davoneilenden nach, lauschte noch lange auf seine verhallenden Schritte.

*

War gar so nett, sauber und traulich das kleine Schneiderstübchen in Buchbach; da stand jedes Gerät an seinem rechten Platz, es war, als ob das alles sich von selbst so gemacht habe, als ob es gar nicht anders sein könne, als ob eine Unordnung, ein Stäubchen auf Tisch oder Fußboden gar nicht möglich sei, – und darin allein liegt ja der Zauber behaglicher Häuslichkeit. War dem Zipfelschneider wahrlich nicht zu verübeln, wenn er große Stücke auf seine Annekunnel hielt, wenn es ihm nirgends so gut gefiel als daheim in seinem kleinen Stübchen. Und das traulichste Eckchen hatte er sich noch für seinen Arbeitstisch ausgesucht. Im Fenster vor dem Tisch, von üppigen Weinranken halb verdeckt, blühten Monatsrosen, Nelken, Fuchsien, Kaktus und sogar eine Kalla, daneben an der Wand lärmte im großen, von breitblättrigem Efeu umrankten Käfig eine Brut Kanarienvögel; durch das Luftloch nahe der Decke spazierte eine Schwarzamsel aus einem Häuschen ins andere, pfiff bald im Freien, bald im Zimmer das Lied: Üb immer Treu und Redlichkeit, dazwischen zur Abwechslung wohl auch den Dessauer Marsch. Vor dem Fenster flatterte im Drahtbauer noch ein Stieglitz, ein zahmes Rotkehlchen huschte frei in der Stube herum, setzte sich wohl auch auf seines Meisters Zipfelkappe und sang leise zu seiner Arbeit. Auf dem Boden stellte ein Staar seine geometrischen Schnabelvermessungen an und geriet oft in heftigen Zorn über die behaglich unter dem Ofen schnurrende Katze. So war der Alte rings von fröhlichem Leben, Farben und Duft umgeben, und war doch auch wieder allein, konnte ungestört seinen Gedanken nachhängen.

Auch heute, am zweiten Kirmestag, saß der Alte auf seinem Arbeitstisch, aber lange nicht so ruhig, so heiter denn sonst. Die Abendsonnenstrahlen, die mit wechselnden Lichtern durch die flüsternden Weinblätter ins Zimmer spielten, das Stübchen mit rosigem Glanz erfüllten, bemerkte er nicht, der Duft seiner Blumen, das lustige Leben und Treiben seiner Lieblinge schien ihn eher zu stören als zu erfreuen. Jetzt arbeitete er drauf los, als gelte es, heute noch ganz Buchbach zu bekleiden, doch als die Schwarzamsel droben die Melodie anstimmte:

Üb immer Treu und Redlichkeit
bis an dein kühles Grab

und weiche keinen Finger breit
von Gottes Wegen ab!

zuckte der Schneider heftig zusammen; plötzlich unterbrach er das eifrige Wichsen seines Fadens mit Wachs, nahm eine großmächtige Prise und verfiel in tiefes Sinnen. – War der Mann verändert, gealtert in diesen zwei Jahren! – Und nicht bloß gealtert! Die Stirne war höher geworden, das weiße Haar sehr dünn, zwischen den Augenbrauen lag eine tiefe, finstere Falte, die klaren, ehrlichen Augen lachten nicht mehr so fröhlich in die Welt, die Blicke waren tiefernst geworden. So saß er, hatte unwillkürlich das Kinn in die Hand gestützt, starrte sinnend durchs Weinlaub in die Weite. Da klang vom Wirtshaus eine lustige Tanzweise herauf, – der Alte fuhr zusammen, nahm wieder eine Prise, seufzte und begann noch hastiger zu sticheln denn zuvor.

Die Annekunnel trippelte unruhig um den Alten herum; sichtbar war sie bewegt; so oft Gottfried seufzte, hob sich unwillkürlich auch ihre Brust tiefer, feuchtete sich ihr Auge.

Vor zwei Jahren nach dem tollen Streich droben auf ihrem Acker war sie ja freilich sehr aufgebracht gewesen über ihren Alten, wie alle Buchbacher, Lindenbrunner, Windsberger und Grumbacher Frauen. Als dann die Gänge ins Gericht kein Ende nehmen wollten, die zu verbüßenden Strafen Gottfried oft wochenlang ins Gefängnis führten, die Sportelzettel sich jagten, stets größere Summen dem Haushalt entzogen, da meinte sie oft, Verzweiflung müsse über sie kommen; wirr und wild ward es ihr im Kopf, tagelang weinte sie, längst schon gönnte sie Gottfried kein gutes Wort mehr, mit bittern Worten warf sie ihm das Unglück vor, das er über sie, über die Dörfer gebracht. Lange hatte sie es so getrieben, sich selbst tiefer und tiefer in Verbitterung und Unmut hineingehetzt. Erst spät fiel ihr auf das stille Wesen Gottfrieds, seine Demut, seine Geduld, seine stets gleiche Freundlichkeit und Liebe, sein unermüdeter Fleiß. Oft saß der alte Mann bis nach Mitternacht hinter der Arbeit, jeglichen Genuß versagte er sich, und trotz aller Versäumnisse, aller außerordentlichen Ausgaben erhielt er den Haushalt ganz in der gewohnten Weise. Wie schämte sich Annekunnel ihres Unrechtes, wie bereute sie ihre Härte und Lieblosigkeit, als ihr die Augen völlig aufgingen! Sie suchte gut zu machen, und nun mußte sie oft weinen über die wahrhaft kindliche Dankbarkeit, mit der ihr Gottfried jede, auch die kleinste Freundlichkeit vergalt. Sie meinte ihren Alten erst jetzt recht kennen zu lernen, ihr Herz quoll über von Liebe, – mitten in Jammer, Not und Sorge erblühte den beiden einfachen Alten ein zweiter, herrlicher Liebesfrühling.

Und nicht bloß die Liebe ward stärker in Annekunnel. Jetzt beachtete sie erst den wunderbaren, schwermütigen Glanz der Augen, die Trauer, die dauernd seine sonst so heitere Stirne beschattete; jetzt erst bemerkte sie, daß er nie mehr den Ausdruck brauchte: ich bin ein Mann, der in die Welt paßt! Was mußte in ihm vorgegangen sein, bis er sich so veränderte! Was mußte er gelitten haben, daß er sich selbst so schwer strafte! Ein herzliches Mitleid quoll in ihr auf, zugleich bekam sie aber auch Respekt vor dem stillen Alten, und ihre größere Achtung vermehrte nur wieder ihre Liebe!

Aber so sehr ihr Gottfried ihre Teilnahme, ihre Fürsorge dankte, – erheitern, aufrichten konnte sie ihn nicht, er blieb still, in sich gekehrt, schweigsam; Annekunnel fürchtete im Ernst eine schleichende Krankheit. Sie hoffte, die Kirmes würde ihn zerstreuen, erheitern, allein auch diese Erwartung erfüllte sich nicht. Am ersten Kirmestag ging er in Geschäften über Land, heute arbeitete er »wie ein Feind« und schien wieder das Wirtshaus meiden zu wollen. Bekümmert trippelte sie um Gottfried, endlich legte sie ihre Hand auf seine Schulter und sagte. »Gottfried, laß doch wenigstens heute die Arbeit, 's ist ja zweiter Kirmestag. Guck, alle Nachbarn sind im Wirtshaus und machen sich vergnügt, – leg jetzt die Arbeit weg und geh auch unter Gesellschaft!«

Gottfried nahm eine mächtige Prise, schaute lange selbstvergessen durchs Fenster, dann sich besinnend sagte er leise. »Alte, – ich bleib daheim, ich gehör nicht dahin!«

»Das ist nun wieder eine Rede! – Gottfried, ich bitt dich, tu mir's zulieb, gönn dir auch einmal 'ne Abwechslung, – geh 'nunter zu den Nachbarn!«

Kopfschüttelnd entgegnete der Schneider: »siehst du, Alte, das verstehst du nicht! Ich darf nicht und ich kann nicht, mein Gewissen leidet's nicht! – Rede mir nicht drein. Guck an: ich hab der Gerechtigkeit vorgegriffen, wollt mir selber helfen, da doch die Welt nicht bestehen könnte, macht's jeder so. Das ist eins. Zum andern hab ich mich auch noch mit den Windsberger und Grumbacher Nachbarn geprügelt, gleich als ob uns der Herrgott nicht einen Verstand gegeben hätte und die Gabe vernünftiger Rede. – Du weißt, was ich damit für Elend anrichtete! – Und statt in Ehrbarkeit und Würdigkeit mein Leben zu beschließen, bringe ich mich in Schmach und Schande, muß mich selber schämen vor meinen grauen Haaren! – Und wer so seine Menschlichkeit und Schuldigkeit vergißt, wer sich so herunterwürdigt, so zum Spott, zum Unsegen wird für eine ganze Gegend, der gehört nimmer ins Wirtshaus und nimmer unter lustige Menschen, punktum! – Red kein Wort dagegen!« Heftig schnupfte er und begann eifrig zu nähen.

Annekunnel kam das Wasser in die Augen, eifrig entgegnete sie. »so solltest du nicht reden, Gottfried, 's ist wahrhaft ein groß Unrecht von dir. Denk dran, in der Bibel heißt's: wir sind allzumal Sünder und mangeln des Ruhms, den wir vor Gott haben sollten. Du bist ein rechter Mann, das weiß ich, und das sag ich und dabei bleib ich! Und hast du dich einmal übereilt, so will ich sehen, wer dir deswegen so argen Vorwurf machen darf. Komm, Alterle, sei vernünftig, red nimmer so ängstliches Zeug. Nimm an, wenn jeder so dächt, 's wär ja gar aus auf der Welt, das Leben nimmer zu ertragen, kein Mensch dürfte mehr 'ne fröhliche Miene zeigen!«

»Eben das ist der Jammer, daß nicht ein jeder so denkt, daß man so leicht und so gern vergißt, was doch die Hauptsache ist im Leben,« entgegnete Gottfried eifrig. »O ja doch, wie viel Dummheiten blieben ungetan, wie viel Zorn und Feindschaft gäb's weniger in der Welt, wie viel Kummer und Not blieb aus, hielt der Mensch immer seine Pflicht und Schuldigkeit im Gedächtnis! –– Laß mich nur, Annekunnel! Du meinst's ja freilich gut, aber deine Worte gehen mir wie Messer durch und durch! Ich soll ins Wirtshaus, soll lustig sein, währenddem vielleicht der Bote schon unterwegs ist mit der Nachricht: Ihr habt den Prozeß verspielt, während vielleicht schon die Amtsherrn die Hände nach unserm bißle Hab und Gut ausstrecken? – Annekunnel, mir will schier oft die Verzweiflung den Kopf gänzlich einnehmen! Was soll aus uns alten Leuten werden, wenn das Unglück seinen Willen hat und wir richtig verspielen? – – Geh, laß mich, ich muß arbeiten!«

Annekunnel kam das Wasser in die Augen. Sie setzte sich neben Gottfried auf den Schneiderstisch, legte ihren Kopf an seine Schulter, zog seine Hände schmeichelnd von der Arbeit weg und sagte: »nicht so, Gottfried, nicht so! Allzu ängstliches Sorgen ist auch vom Übel. Und verspielen wir und verlieren wir auch alles, wir wollen nicht verzagen, wenn wir noch beisammen sind. Wir werden gewiß nicht am Weg liegen bleiben, der alte getreue Herrgott, der uns noch niemalen verlassen hat, wird uns auch in der Armut zu finden wissen. Was auch kommt, Gottfried, ich verlaß dich nicht, und ich weiß, was du für ein Mann bist, und was ich an dir habe! – Dauern könnt mich unser Pat, der Heiner, im Grund ist der schlimmer dran als wir. Sein Glück ist dahin und er hat noch solch langes Leben vor sich! – Sieh, darum dürfen wir nicht so jammern: allzulang werden wir an unserem Unglück nicht schleppen, wir werden ja bald ein paar stille Kämmerlein finden und drin Ruhe und Frieden! Drum sei nicht so leidmütig; der Heiner ist ein junges Blut, er wird sich schon auch durchschlagen.– Komm, Alterle, tu mir's zulieb! – Guck, ich hab dir alles schon zurechtgelegt; komm, zieh dich an und geh 'nunter ins Wirtshaus!«

Gottfried nahm eine gewaltige Prise und riß heftig an seiner Nase. Plötzlich zog er Annekunnel fest an sich, gab ihr einen Kuß und sagte mit einer Stimme, der er vergebens Festigkeit zu geben suchte: »ich dank dir, Annekunnel, recht von Herzensgrund dank ich dir, und der Herrgott vergelt dir diese Reden. Du hast mir einen großen, großen Stein vom Herzen genommen! Vom Wirtshaus sei still, dort hab ich nichts zu suchen; ich brauch auch kein Wirtshaus, bei dir hab ich Glücks genug! – Geh, Annekunnel, mach 'ne richtige Brüh (Kaffee), wir wollen zusammen in der Stille unsere Kirmse feiern!«

Die Sonne war untergegangen, das unruhige Vogelvölkchen längst schon zur Ruhe gekommen, die Blumen dufteten stärker, und durch die Fenster leuchteten die Sterne in mildem Glanz herein. Gottfried und Annekunnel saßen still zusammen, ihre Hände ruhten ineinander, ihre Blicke gingen nach oben, schauernd empfanden beide die Wunder des Sternenhimmels. Männerschritte weckten sie aus ihrem traumhaften Schauen, der Schulz mit einigen Nachbarn trat ein und bat den Zipfelschneider, mit ins Wirtshaus zu kommen. Der Alte lehnte ab, allein der Schulz sagte: »Gottfried, ich laß mich nicht abweisen. Kommt nur mit, die Nachbarn alle erwarten Euch, möchten sich mit Euch bereden von wegen der Geschichte mit den Windsbergern und Grumbachern!«

»Dann ist's meine Schuldigkeit und ich gehe,« entgegnete der Schneider mit einem Seufzer. Eilfertig trug ihm Annekunnel die neue Weste, Jacke und Mütze zu. Lange blickte sie den Männern nach, ihr war so wunderlich zu Mut, sie wußte selbst nicht wie; das Auge füllte sich mit Tränen, und im Herzen quoll es doch auf wie tröstliche Ahnung, beglückende Hoffnung.

*

Im ernsten Gespräch saßen die älteren Musikanten, der Zimmerdick, Hansaden, Wasserfuchs, Hanshenner und Schneidershannikel mit den Buchbacher und Lindenbrunner Nachbarn in der Wirtsstube zusammen, die der Schneidersheiner soeben verlassen. Die Erzählung seiner Aussöhnung mit der Schulzenkarline, besonders der Bericht des Mädchens über den Stand des Prozesses erregte große Teilnahme. Nach längerer Erörterung sagte der Zimmerdick: »dein Vorschlag läßt sich hören, Hannikel, und könnte, will's Gott, wohl zum Ziel führen. Nun aber nicht gesäumt, sondern gleich zur Ausführung! Daß ich's nur gestehe, der endlose Hader in den Dörfern, die Zwietracht in den Häusern, die Verwilderung der Männer, die Verderbnis der Jugend, das Unglück ohne Maß, wohin man auch blickt, – das alles hat mir schon fast das Herz abgefressen! Haben wir Bergheimer Musikanten, – Gott sei's geklagt, – vor zwei Jahren das Elend mit herbeigeführt, so ist's unsere Pflicht, daß wir auch wieder tun, was in unsern Kräften steht, dem Jammer ein Ende zu machen. Viel ist's freilich nicht, was wir tun können, aber es ist das letzte Mittel; schlägt auch das fehl, nachher kann nur noch der Herrgott eingreifen. – Dein Vorschlag ist nicht uneben, Hannikel, je länger ich ihn überleg, desto mehr gefällt er mir, – wenn der Schulz auch darauf nicht eingeht, sollte man ihm, licksterwelt, was anders zudiktieren! – Also nicht gesäumt und gleich ans Werk. Zunächst bedürfen wir die Einwilligung des Zipfelschneiders, danach gilt's zu überlegen, wie wir den Schulzen 'rumkriegen. – Wer holt wohl den Zipfelschneider? – Du lieber Gott, 's ist ein Jammer, in keiner Gesellschaft sieht man den Alten mehr seit dem Unglück.«

Der Buchbacher Schulze, von einigen Nachbarn begleitet, begab sich sogleich in das Schneidershäuschen und kehrte bald mit dem Erwarteten zurück.

Mit großer Herzlichkeit ward der Zipfelschneider von den Nachbarn, die ihn alle liebten und nur ungern seine Gesellschaft entbehrten, aufgenommen. Das tat dem Alten wohl, wenn es auch seine Befangenheit nicht minderte. Als dann die Nachbarn weit, weit ausholten, viel von der Verderbnis der Welt sprachen, um endlich auf die Not der vier Dörfer zu kommen, rief der Zipfelschneider: »ihr Nachbarn, ich weiß, warum ihr mich habt holen lassen. Ihr wißt auch gut genug, wie schwer mir das Unrecht und die Verwilderung ringsum auf der Seele liegt. Habt ihr einen Vorschlag, dem

Übel abzuhelfen, redet frei, mir soll kein Opfer zu schwer sein, verträgt sich's nur mit meinem Recht, meiner Ehr, den Frieden herzustellen. – Redet!«

Alle blickten gespannt auf den Schneidershannikel, und dieser begann denn auch nach einigem Räuspern: »'s ist ein Vorschlag, Schwager, und du mußt nicht meinen, daß er aus eigennütziger Absicht entstanden ist. Leider Gottes verfängt ja kein Mittel sonst beim Schulzen droben, und da meinten ich und die Nachbarn alle, das wär vielleicht ein Weg zum Ziel. Guck, Schwager, du und deine Alte habt eurem Paten, dem Heiner, schon lang eure Sachen zugedacht. Nun habt ihr's euch euer Leben lang rechtschaffen sauer werden lassen, ihr werdet alt und hättet's verdient, daß ihr's leichter kriegt, daß nun auch jüngere Kräfte für euch –«

»So sag's doch 'raus,« fiel ihm der Zipfelschneider ungeduldig ins Wort. »Sag's doch: du meinst, ich soll mich zur Ruhe setzen und dem Heiner meine Sachen übergeben! Ja, – liegt denn das an mir? War das nicht seit langem meine Absicht? – Wie oft habe ich dem Heiner schon den Antrag gestellt, aber er will ja nicht; seit er mit der Schulzenkarline auseinander ist, darf man ihm ja von Heiraten und Güterübernehmen gar nimmer reden!«

»Ja freilich, so war's. – Das hat sich aber geändert, drum red ich mit dir,« entgegnete Hannikel. »Sieh, der Heiner hat sich heut wieder mit der Karline vertragen, und wenn du nun – –«

»Der Heiner und die Schulzenkarline sind einig?« rief der Zipfelschneider aufspringend. »O mein Gott, – sagt, ist's wahr, hab ich auch recht gehört? – Ach, ich weiß nichts zu sagen, mir wirbelt der Kopf! – Wär's möglich? – Ach und die Freude meiner Alten! – Halt, kein Wort, jetzt laßt mich reden. Für den Fall mein Pat, der Heiner, die Windsberger Schulzenkarline heiratet, tret ich ihm Haus und Hof, all mein liegend und beweglich Gut ab mit der einzigen Bedingung, daß er mich und meine Alte treu pflegt und für christlich Begräbnis sorgt. Das ist mein fester, freier Wille, alle Nachbarn nehme ich hier zu Zeugen. Und ist mir ganz gleich, ob vorher ein Ausgleich zwischen mir und dem Windsberger Schulzen stattfindet oder nicht. An dem Tag, da der Heiner mit der Schulzenkarline Hochzeit macht, ist er Besitzer meiner Sachen, er muß dann eben auch den Prozeß mit übernehmen, und seine Sache ist's, wie er sich mit seinem Schwieger abfindet!«

»Du bist wahrlich ein Mann, der in die Welt paßt,« sagte der Schneidershannikel bewegt; auch die übrigen Musikanten, die Buchbacher und Lindenbrunner Nachbarn schüttelten dem Alten die Hand. Dieser aber lehnte alles Lob entschieden ab und sagte traurig: »laßt nur! Ich tu nichts als meine Schuldigkeit, und zuletzt ist für mich der größte Vorteil dabei obendrein. Laßt mich nur; ach, könnte ich den Schaden zudecken, das Unheil gut machen, das ich durch meine Übereilung anrichtete! – Ich seh euch an, ihr habt etwas vor, ihr sehnt euch auch nach Ruhe und Frieden, ihr wollt's versuchen, die Ordnung herzustellen, – sagt, was könnt ich noch tun? Macht's kurz, mir wird's eng, ich möchte zu meiner Alten; – was verlangt ihr noch von mir?«

»Nichts, nichts,« rief der Zimmerdick in tiefer Rührung. »Um was wir Euch bitten, Euch abschmeicheln wollten, Ihr habt's über Erwarten freiwillig schon zugesagt. Und nun setzt Euch zu uns, vom Heimgehen ist keine Rede, helft uns beraten, wie wir auch den Schulzen dahin bringen, daß er in die Freierei willigt, einen Vergleich mit Euch eingeht und damit den Frieden zwischen den vier Dörfern wieder herstellt. Setzt Euch, Gottfried!«

»Nein, nein! Dazu taug ich nicht, ich gehör nimmer in den Rat von Männern, wenigstens nicht in dieser Sach! Laßt mich heim, ich bitt euch, mir ist das Herz so voll, und soll ich mich allein der Wendung freuen, während meine Annekunnel sich daheim härmt? – Ach, ihr Nachbarn, ihr Musikanten, tut, was ihr vermögt. – Gott im Himmel, macht's fertig, daß ich in Frieden sterben kann. Und bringt ihr's fertig, dann seid ihr alle und die Windsberger und Grumbacher meine Gäste! – So, – jetzt laßt mich!«

Mit wankenden Knieen eilte Gottfried heim, oft blickte er auf zu den funkelnden Sternen. In der Stube eingetreten, sagte er: »Annekunnel, ein Fingerzeig vom Herrgott: der Heiner hat sich mit der Karline vertragen, und die Musikanten wie die Nachbarn gehen drauf aus, den Schulzen zur Einwilligung in die Freierei, überhaupt zum Nachgeben zu bringen. – Ja ja, mir zittert auch das Herz! – Geh, Annekunnel, mach Licht, wir wollen ein Lied beten, daß der Herrgott das Vorhaben gelingen läßt!«

Im Wirtshaus war noch viel Bewegung, viel Raten und Sorgen. Zuletzt stimmten alle, Musikanten und Nachbarn, dem Vorschlag des Schneidersheiner bei. Man verkannte die Gefährlichkeit des Planes nicht, fand aber nichts Besseres, und so sagte der Zimmerdick: »mag's denn dabei bleiben und wohl geraten, – zuletzt ist alles Menschenwerk nicht vollkommen, und kämen wir bei dem Schulzen auf geradem Wege zum Ziel, ei, dann brauchten wir weder Schliche noch Heimlichkeiten. – Mag's denn dabeibleiben!«

Dem Bergheimer Mühljohann, der eben vom Militär, wo er es bis zum Unteroffizier gebracht, zurückgekommen war und noch seinen Schnauzbart trug, ward viel eingeprägt und aufgetragen, bis er zuletzt lachend ausrief: »nun laßt mich aber in Frieden, dumm und taub wird man von dem ewigen Geschwätz. Bring ich's nicht aus mir selber fertig, macht all euer Reden die Sache um keinen Pfifferling besser!«

Ziemlich spät am Morgen trennte man sich. Auf dem Weg in ihr Quartier fragte der Bergkasper den Schneidersheiner: »he Heinjich, wie steht's? – 's ist schon der djitte Kirmestag und noch kein dummer Stjeich ausgeführt, – weißt nichts?«

»Laß mich in Frieden,« entgegnete Heiner kurz und verfiel wieder in sein Sinnen.

*

Es war nahe am Mittag, die Sonne brannte heiß herein in den Windsberger Schulzenhof, kein Lüftchen regte sich, und der Schulze, der an seinen Pflügen hantierte, wetterte arg über die übermäßige Hitze. Plötzlich warf er zur großen Verwunderung des – ausnahmsweise – von der Kette erlösten Hofhundes Hammer und Fettbüchse zu Boden, rannte in das Haus und schrie in der Küche seine erschrockenen Frauen an: »Fix, räumt auf in der Stube! Alte, tu das Käsbrett von den Ofenstangen, und du, Karline, wisch Tisch und Bänk ab. – Aber Herrgott noch einmal, fix, sag ich! Es kommt ein Amtskerl, gewiß ein Großer, hat 'nen Schnauzbart und 'ne Brille. Macht voran, – gleich wird er da sein!«

Damit rannte er selbst eifrig in die Stube, strich vom Ofen einen Haufen Strümpfe und Socken in die dunkle »Hell« und warf eben einen Bund Schleißen (Lichtspäne) in die Küche, als auch schon Schritte auf der Treppe laut wurden.

»Holla, rappeldipappel,« lachte der Fremde und drehte seinen Schnurrbart, »wäre ich ein Gendarm, hättet Ihr Eure Schleißen zu spät vom Ofen genommen! Der Amtmann würde sich nicht schlecht wundern, erführ er, wie die Schulzen selber die Feuerschau hintergehen!«

Das Wort ließ den Schulzen kerzengerade in die Höhe fahren; verlegen rieb er die Wirbelhaare nieder und brummte: »potz Velten und Bastel! Der Herr wird doch keine Dummheiten machen?«

Ohne darauf zu achten, schritt der Fremde mit kurzem: »Morgen!« an ihm vorüber in die Stube, zog sich einen Stuhl an den Tisch, schnürte ein Aktenbündel auf, prüfte seine Stahlfedern und verlangte barsch Tinte. Dem Schulzen ward es bei diesen Anstalten übel und weh; was mochte er einmal wieder verbrochen haben, daß ihm das Amt so mir nichts dir nichts den »Kerl« über den Hals schickte? Der Herr, dem augenscheinlich die Brille viel Not machte, unterbrach sein Sinnen, fixierte ihn scharf über die Brillengläser hinweg und fragte barsch: »also Er ist der Schulze von Windsberg?«

Dem Schulzen kam es in die Kehle, daß er lange husten mußte. War der »Amtskerl« ein Großer oder Kleiner? – Seiner Grobheit nach konnte er beides sein; denn die richtigen »Großen« sind grob, weil nun einmal die Grobheit zum vornehmen Wesen gehört, dagegen die Kleinen, die Schreibersknechte, glauben wunder was sie sind und können, schnauzen sie die Bauern an. Auf alle Fälle mußte er das noch ergründen, um den Fremden danach zu behandeln. Sicher war etwas gegen ihn im Werk; wollte er aber dem drohenden Strafgericht zuvorkommen oder es abwenden, so mußte er das Vertrauen des Fremden zu gewinnen suchen, ihn aushorchen, womöglich ganz in sein Interesse ziehen. War's nun ein Großer, dann wirkte Eiersalat mit Schinken und eine Einladung zur Hühnerjagd, bei einem Schreiber dagegen tat es auch Brot, Butter, Käs und Bier, und vielleicht ein Trinkgeld auf unterwegs. – Mit schlauer Zurückhaltung sagte er nach einer Weile: »der wär ich! Was beliebt dem Herrn?«

»Ist Er reich?«

Der Schulze mußte wieder viel husten. – Wo wollte das hinaus? Was sollte das bedeuten? Das war ja eine gefährliche, verfängliche Frage; um eine Kleinigkeit konnte es sich nicht handeln, und der Herr war also gewiß ein Großer! – Heimlich raunte er Karline zu, die eben eintrat. »Fix, kocht Schinken ab und macht Eiersalat! Holt auch den ›Muskatenwein‹, den ich verwichen für die Grumbacher Schulzengevattern mitgebracht hab, daß wir den Herrn einstweilen beim Guten erhalten, –aber fix, sag ich, das ist ein jämmerlich Großer!« Als sich Karoline eilig entfernt hatte, sagte er traurig zu dem Fremden: »wo sollt Reichtum bei unsereinem herkommen!«

»Herkommen,« sagte der Herr im Schreiben.

Potz Velten und Bastel, dachte da der Schulz, ein Großer kann's wieder nicht sein, der hätte seinen Schreibersknecht mitgebracht, also ist's dennoch nur ein Geringer, – wart du, mit dir reden wir anders! – Eben fuhr die Schulzin, feuerrot vor Eifer und Aufregung, die Flasche Muskatwein nebst Glas und mürbes Gebäck auf einem Teller in der Hand tragend, zur Türe herein. Noch zu rechter Zeit erwischte er sie am Rock, riß sie zurück und murrte sie zornig an: »so tu doch auch nicht gleich wie närrisch, 's pressiert nicht so arg! Der da wartet schon; Käs, Brot und Halbbier ist noch übrig gut für ihn!«

Ärgerlich befühlte die Schulzin ihren Rock, wie viel Falten er ihr wohl ausgerissen, und ging zornig mit den Worten zur Türe hinaus: »du bist und bleibst ein alter Hans Narr! Mir komm nicht wieder, ich tu gar nichts!«

Der Herr schien von der heimlichen Unterredung der Schulzenleute nichts bemerkt zu haben, denn er fragte gleichmütig: »wie groß ist Sein Gut?«

»Hab auf zwei Ochsen zu bauen,« entgegnete der Schulz und setzte grob hinzu: »aber potz Velten und Bastel, was hat Er danach zu fragen? – Wer ist Er denn eigentlich?«

»Millionendonner, Blitz und Hagel,« schrie der Fremde aufspringend und rollte über die Brillengläser weg die Augen ganz erschrecklich. »Wie kann Er sich unterstehen, mir so zu kommen? Hat Er seinen Verstand in den Fußzehen, daß Er mir nicht ansieht, wer ich bin? – Donner und Doria, noch solch ein Wort, und acht Tage brummt Er im Loch! – Jetzt nicht gemuckt, sonst soll Ihm der Teufel das Licht halten! – – Hat Er Schulden?«

Der Schulze war ganz erschrocken zurückgefahren; er begann zu zweifeln, ob das wirklich nur ein Schreiberknecht sei, hielt es aber für gut, die Geschichte noch abzuwarten; einmal mußte ja doch Klarheit in die Sache kommen. Bescheiden, ein wenig pfiffig lachend, meinte er. »'s ist nicht arg!«

»Millionenblitz,« fuhr der Herr abermal auf. »Ihn soll mit samt seinem Geträtsch! – Ja oder nein?«

Dem Schulzen ward nun wirklich übel zu Mut, ängstlich rieb er die Wirbelhaare nieder und dachte: »Großer oder Kleiner, – ein richtiger Kerl ist er auf alle Fälle und versteht's, mit den Leuten umzugehen! Wo's nur hinaus will? – Kleinlaut sagte er: »nein!«

»Wie groß ist das Vermögen Seiner Frau? – Hat sie ihr volles Erbteil schon empfangen oder noch zu erwarten?«

»Herr, Herr! – Um tausend Gottes willen, was soll das bedeuten?« schrie der Schulz in heller Angst. »Ich hab doch niemand umgebracht und auch nicht gestohlen, noch betrogen, noch die Obrigkeit gelästert! – Wo soll's hinaus?«

»Hm, – was gehen mich Seine Prozesse an?« knurrte der andere halblaut vor sich hin. Seinen Rock aufknöpfend und sich's bequemer machend, sagte er dann ein wenig menschlicher: »Uff, – 's ist verdammt heiß, und bis man auf die Höhe kommt, kriegt man schändlichen Durst! – Hm! – Also: wie steht's mit dem Vermögen Seiner Frau?«

»Daß sich Gott im Himmel erbarm,« jammerte der Schulz, dem das Wort »Prozeß« in alle Glieder geschlagen war und ihm plötzlich ein großes Licht aufgestellt hatte. »Hab der Herr nur ein linsele Geduld!«

Er eilte in die Küche. »Karline, fix trag den ›Wei‹ auf und die Weckle, aber fix sag ich! Herr meines Lebens, 's ist doch ein Großer! – Und du, Alte, koch Schinken ab und mach Eiersalat! – Ach, ach, Alte! – Tragt auf, was das Haus vermag, der Kerl ist da von wegen unserm Prozeß! – Ach du gerechter Gott, mir zittern alle Glieder! – Tragt auf, was der Tisch faßt! – Ach, ach, Alte, um uns steht's schlecht, der Kerl nimmt schon das Inventar auf!«

Mit lautem Schreckensruf sank die Bäuerin auf den Hackklotz, der Schulz eilte in die Stube zurück. Der Fremde ließ sich den Wein bereits wacker schmecken, griff eben an sich herum und rief: »zum Kuckuck auch, hab ich richtig meine Zigarren vergessen! – Fatal! – Aber kommt jetzt, Schulz, wir stehen beim Vermögen Eurer Frau!«

»Wart der Herr, bin gleich wieder da,« schrie der Schulz und rannte, so schnell es seine schlotternden Knie gestatteten, davon. Karoline brachte Brot, Butter, Käse, Wurst, Schinken und Honig. Stutzig betrachtete sie den Fremden; dieser sagte verlegen: »um Gottes willen, verrat mich nicht, ich bin's freilich, – der Bergheimer Mühljohann. – Laß dir nichts merken, sonst ist alles verloren. – Einen Gruß vom Schneidersheiner, und nun geh mir aus dem Weg!«

Die bleichen Wangen des Mädchen röteten sich leise; ohne Erwiderung huschte sie hinaus, denn eben kam der Vater mit einer Handvoll Zigarren zurück, nötigte sie dem Fremden auf und trug ihm diensteifrig auch noch Feuer zu.

»Herr, Herr,« begann er zitternd, »redet jetzt, 's soll Euer Schade nicht sein! Wie steht's um meinen Prozeß? Hab ich schon verloren? – Ach, ach, ach, sagt mir, wär's denn um alles in der Welt möglich? Ist denn wirklich und wahrhaftig schon alles verloren? Gibt's keinen Ausweg mehr?«

»Millionenhagel,« fuhr der Fremde auf, dem das vertrauliche Näherrücken des Schulzen sichtlich sehr unangenehm war. »Was soll das heißen? – Wollt Ihr mich aushorchen? Donner und Doria, untersteht Euch so was! – Könnt's Euch denken, daß ich nicht zum Spaß in Euer Nest 'raufgeklettert bin! Warum habt Ihr Euch auch nicht mit dem Zipfelschn... wollt ich sagen mit dem Gottfried Wunderlich verglichen? Ist's Euch nicht von den Ämtern nahe genug gelegt worden, Eure Sache stände schlecht? – So geht's: wer nicht hören will, muß fühlen! – Na, und die Freud in Buchbach, erfährt's der Zipfelschneider, wie's um seinen Prozeß steht! – Noch weiß er nichts, und, – hm, – Eure Zigarren sind nicht schlecht!« – –

»Hab noch ein Kistle droben, – wart der Herr, ich hol noch ein Bündele auf unterwegs,« schrie der Schulz, dem ein heftiges Schlucken fast das Herz abstieß.

Der Fremde wischte sich den Schweiß ab und seufzte, als er das laute Weinen der Bäuerin vernahm: »ich wollt, ich wär erst wieder aus dem Haus, solchen Auftrag übernehm ich mein Lebtag nicht wieder. Vor lauter Angst habe ich keinen trocknen Faden an mir!«

»Redet doch,« ächzte der Schulz schon in der Tür. »Was ist zu tun, was ist zu machen? – Ratet, – helft, – ich will's Euch ewig danken!«

»Was kümmert mich Euer Kram? Donnerwetter, der Kuckuck traue! Jetzt lockt Ihr mich zum Reden, und hintennach bringt Ihr mich in tausend Ungelegenheiten,« schrie der Fremde. »Braucht Euren Verstand selber! Sagt ich nicht: noch weiß es der Zipfelschneider nicht, daß ich abgeschickt bin, Euer Vermögen aufzunehmen! – Ich dächte, das wäre genug gesagt! Vergleicht Euch so geschwind wie möglich mit dem Schneider und macht's fest im Amt, – vielleicht gelingt's Euch noch! – Aber Donnerwetter, was schwätze ich? – Wie groß ist das Vermögen Eurer Frau?«

»Daß sich Gott im Himmel erbarm, der Zipfelschneider wird nimmer wollen! – Viertausend Gulden fränkisch!«[1]

»Kapitalien?«

»Ach, ach, – ich bin ein geschlagener Mann, ein verlorener Mensch! Der Zipfelschneider wird mir was husten und sich mit mir vergleichen! – Steckt im Hof!«

---

[1] Ist gleich fünftausend Gulden rheinisch.

»Im Hof,« sagte der Fremde, spritzte seine Feder aus, schnürte aufatmend seinen Aktenband zusammen, vergaß nicht, auch die letzten Zigarren einzustecken. »Ich dank Euch, Schulz, für die Bewirtung! – Noch ist nichts verloren, aber säumen dürft Ihr Euch auch nicht. Seid gescheit und vergleicht Euch, so geschwind es geht, mit dem Zipfelschneider. Adjes!«

Ehe der Schulz ein Wort entgegnen konnte, war er schon aus der Tür und aus dem Haus. Die Bäuerin, die in verzeihlicher Neugierde alles mit angehört, kam weinend in die Stube; Karoline ließ sich nirgends sehen; der Schulz aber sank wie zerschlagen auf einen Stuhl, ließ Kopf und alle Glieder hängen und hatte auf das Weinen, Klagen und Jammern seiner Frau nur die eine Antwort: »da sitz ich, – macht mit mir, was ihr wollt!«

*

»Wie ist's 'gangen? – Wie steht's in Windsberg? – Was gibt der Schulz vor? – Ist er mürb? – Hat er recht gebrüllt? – Willigt er in den Vergleich? – Hat er dich wirklich nicht erkannt? – Was macht Karline?« So schrieen die Musikanten, Buchbacher und Lindenbrunner, die drunten im Wald den Mühljohann erwartet hatten und ihn nun umdrängten, laut durcheinander. Der Mühljohann war aber schlecht gelaunt, machte sich gewaltsam Platz durch seine Dränger, warf sich unter einer Eiche ins Moos, steckte vorsichtig die Brille ins Futteral und schrie: »kein Wort erfahrt ihr von mir, seid ihr nicht im Augenblick still. Der Geier hole solche Narrenstreiche, im Leben geb ich mich nicht wieder dazu her, 'ne wahre Todesangst hab ich ausgestanden, es möchte mich jemand erkennen; bei der Karline hat auch nicht viel gefehlt, so wäre sie herausgeplatzt! – O Strammbach! – Die Bescherung nachher! – Und jetzt steht ihr da und sperrt die Mäuler auf, – 's wär noch eine herrliche Geschichte, wenn nun der Schulz auf einmal daher käm und träf uns alle beisammen und hätt's so handgreiflich, wie wir ihm lästerlich mitgespielt. – Macht voran, mir wird's ganz ängstlich! – Der Schulz ist fertig, ganz fertig, und ich zweifle nicht, daß ihn seine Weiber völlig gar machen. Es wär gar nicht unmöglich, daß er in seiner Herzensangst spornstreichs zum Zipfelschneider läuft. Drum fort und aus dem Weg, daß er uns nicht überrennt!«

Der Schneidersheiner wendete sich still ab und verschwand im Wald, die übrigen Zuhörer brachen in Jubel aus, den sie aber sofort wieder unterdrückten; der Schneidershannikel aber kraute sich hinterm Ohr und knurrte: »nun hilft's nichts, nun muß ich ins Feuer, denn einmal ist dem Schulzen nicht zu trauen, bei dem darf man die Hitze nicht so bald wieder ausgehen lassen. Hat aber der Schrecken wirklich durchgeschlagen, dann darf ich mich erst eilen, – jetzt dürfen die zwei Alten noch nicht zusammen! – Also in Gottes Namen! Geb Gott, daß es mir nicht schlechter gelingt wie dem Johann! – Ihr aber geht nach Haus, bleibt im Wirtshaus beisammen und verhaltet euch ruhig, verstanden?«

Damit trennte man sich, und der Schneider schritt langsam den steilen Waldpfad empor. Je näher er dem Dorf kam, desto öfter blieb er stehen. »Verwünschter Handel! Wenn ich nur erst mit guter Art ins Haus kommen wär, nachher sollte mir's nimmer bang sein. – Hm, hm, – 's ist ein böser Haken! Am besten wird sein, ich geh den graden Weg, obgleich das eben bei dem Schulzen seine Bedenken hat. – In Gottes Namen denn!«

Als er in den Gesichtskreis des Schulzenhauses trat, richtete er sich hoch auf, blickte zuversichtlich um sich und schritt rasch vorwärts. Er sah den Schulzen bleich hinter dem Fenster stehen und mit jemand verhandeln; nicht gering war sein Erstaunen, als nun der Schulze das Fenster aufriß und so unbefangen als möglich ihn anrief: »He, guten Tag, Vettermann! – Habt's ja arg eilig! – Wollt Ihr nicht auf einen Sprung einkehren? – Meine Alte möchte wegen einem Rock für unsern Hansjörg mit Euch reden!«

Der Schneider blickte erstaunt auf. Plötzlich leuchteten seine Augen, wie ein Blitz schoß ihm der Gedanke durch den Kopf: der Mühljohann hat wirklich gründlich aufgeräumt, – da muß ich auch noch was wagen! – Scheinbar verlegen drehte er seine Mütze und sagte: »Wär mir eine wahrhafte Freud, wieder einmal in Euer Haus zu kommen, jedoch aber, – und sintemalen, – wie halt die Sachen liegen, – hm, – indem hab ich auch noch 'nen weiten Weg vor und bin pressiert.«

»Ha, das wird doch nicht so gar eilig sein?« meinte der Schulz. »Darf man fragen, wohin der Weg führt, weil Ihr so wichtig tut?«

Dem Schneider war der Schrecken des Schulzen nicht entgangen, er sah auch, wie die Bäuerin am andern Fenster lauschte. Nachlässig meinte er: »Was soll ich's Euch sagen? Mein Gang wird Euch wenig erfreuen!«

Die Bäuerin weinte laut, der Schulz hielt sichtbar nur mit Mühe an sich; seine Stimme zitterte, als er begann: »So redet doch, was ist's, was soll's? 's ist doch nicht etwa gar ein Unglück geschehen?«

»Das schon nicht. – Aber mein Schwager hat einen Brief von seinem Advokaten kriegt, und in Buchbach gehen so wunderliche Gerüchte um, – hm, hm! Nu, – weil Ihr's denn durchaus wissen wollt, – hm, man möcht doch auch gewissen Grund haben, drum – – hm – –«

»So sagt's nur raus,« rief die Schulzin in wahrer Verzweiflung aus dem andern Fenster. »Ihr habt's erfahren, wie's um den Prozeß und um uns steht und seid auf dem Weg ins Oberamt! – Ach Gott im Himmel, ich bin des Todes! – Schneider, habt Erbarmen mit uns! –

Ihr seht meine Not, – Ihr habt auch Kinder! – Geht rauf, laßt ein Wort mit Euch reden! – Kommt, Schneider, Ihr vermögt was über Euren Schwager, verlaßt uns nicht, ratet, helft!«

Zögernd folgte Hannikel der Einladung. Sein Unternehmen ward ihm nun selbst höchst fatal, der Jammer der armen, unschuldigen Frau schnitt ihm ins Herz, auch der Schulz dauerte ihn, er sah gar so verstört aus! Gern hätte er all dem Elend ein Ende gemacht, aber er durfte nicht, der Schulz war einmal ein Querkopf, unberechenbar in seinen Launen, unlenkbar in seinem Eigensinn. So hörte er geduldig den Jammer und die Klagen an, begnügte sich, mit den Achseln zu zucken, bedauerte sein Unvermögen, in der Sache etwas tun zu können, wußte dazwischen geschickt, ohne sich gerade einer Unwahrheit schuldig zu machen, an sein eigentliches Vorhaben zu erinnern, so daß die Angst der Schulzenleute bald den höchsten Grad erreichte. Die Hände ringend, schrie nun der Schulz selbst: »Hannikel, um tausend Gottes willen, verlaßt mich nicht, ich weiß mir nimmer in raten, nimmer zu helfen! Es ist eine harte Straf, dies Elend, und wenn ich sie gleich verdient hab, hart ist sie doch! – Laßt uns nicht zu Grund gehen! Tut einen Vorschlag, auf den hin ich mich mit dem Zipfelschneider vergleichen kann, ohne daß meine Ehr darunter leidet! – Denn gänzlich nachgeben, – das kann ich nicht, dann will ich lieber den Prozeß verlieren. Und zuletzt gibt's ja auch noch Instanzen und Appellation!«

Jetzt schoß aber auch dem Schneider das Blut; solcher Trotz, solcher Hochmut auch da noch, wo er das Messer an der Kehle stehen glauben mußte, empörte ihn. Er stand auf und sagte dem Schulzen seine Meinung gründlich. Ohne Umschweife gestand er ihm, daß er für ihn selber auch keinen Finger regen würde, denn er verdiene weder Mitleid noch Nachsicht. Alles Unglück sei ganz allein seine Schuld. Denn gleich am Anfang sei der Zipfelschneider mit versöhnlichem Herzen zu ihm gekommen; erst durch seinen Trotz und seine Halsstarrigkeit habe er seinen besten Freund, seinen alten Kriegskameraden in Unbedachtsamkeit und Haß getrieben. – Hundertmal sei's ihm an die Hand gegeben worden, seiner Ehre genug zu tun und dem Prozeß ein Ende zu machen, aber er habe es darauf angelegt, den Zipfelschneider völlig zu ruinieren. Und wenn er auch jetzt noch, wo ihm das Wasser bis an den Hals ginge, Männle machen, Bedingungen stellen wolle, so müsse man schon an seinem gesunden Verstand zweifeln. »Was gar Eure Ehre betrifft,« rief er mit flammenden Augen, »so braucht Ihr Euch nicht zu kümmern, – davon könnt Ihr nichts mehr verderben, die ist schon ganz hin, lange schon hin! – Und Euretwegen verschwendete ich kein Wort mehr, dauerten mich nicht Eure Frau, Eure Kinder! – Einen Vorschlag will ich Euch noch machen; redet Ihr mir aber nur ein Wort dagegen, zuckt Ihr nur ein Auge, so weiß ich, was ich tue!«

Der Schulz saß ganz verdonnert auf seinem Stuhl, wagte keine Entgegnung, zumal nun auch die Schulzin alle Schleusen ihrer Beredsamkeit öffnete und ihrem Herzen gründlich Luft machte. Zuletzt meinte der Schulze kleinlaut: »Alte, hör nur einmal wieder auf! Daß keine gescheite Ader, kein gutes Haar an mir ist, ist mir gründlich gesagt. Bedenk: weiter als bis auf die Haut dringt kein Regen, was noch mehr kommt, läuft ab. Zudem wird durch all dein Lärmen nichts gebessert! Schneider, – verlaßt uns nicht, Ihr seid der Mann, der uns helfen kann! Euer Heiner hat meine Karline gern gehabt, – das Mädle hängt noch immer an ihm, ich weiß es, – Schneider, wär da nichts zu machen? Wenn der Zipfelschneider dem Heiner seine Sachen übergäb, ich tret meiner Karline meinen Anspruch an das strittige Waldstück ab, so wär alles gut, der Friede hergestellt, ohne daß unsere beiderseitige Ehr Schaden litte! – Redet, Vettermann! – Mein Mädle ist auch sonst nicht leer! – Besinnt Euch nicht, Hannikel, laßt mich nicht so lang in Angst und Qual. – Redet! – Ist's Euch nicht recht so? Wird der Heiner nicht wollen? Oder meint Ihr, daß der Zipfelschneider nicht darauf eingeht?«

Die Schulzin hörte auf zu weinen und blickte mit großen Augen auf ihren Eheherrn; den Schneider kam nun fast eine Rührung an über diese unerwartete Lösung. Noch in rechter Zeit erinnerte er sich der Querköpfigkeit des Schulzen und sagte: »Das ist seit langem die erste vernünftige Rede aus Eurem Mund! Es freut mich, daß Ihr nun wirklich zu Verstand kommen seid. – Den nämlichen Vorschlag wollt ich Euch machen. – Holla, – bleibt nur sitzen, noch ist nichts gewonnen; soll's was werden, müssen wir auch erst die Zustimmung von meinem Heiner haben, – die ist natürlich gewiß, – darnach muß auch der Zipfelschneider einwilligen, und da kann ich, wie eben die Sachen liegen, für nichts einstehen! Seid nur still und bleibt sitzen, Schulz, auch Ihr, Schulzin! Was an mir liegt, die Sache zu berichtigen, soll geschehen, da braucht's keiner Aufmunterung! Ich und mein Heiner haben viel an Euch gut zu machen, Schulz, besonders mein Heiner. Glaubt mir, das Unrecht hat uns in den zwei Jahren schwer aufgelegen. Das weitere wird Euch mein Heiner selber sagen. Was mich aber besonders freut, ist, daß nun Eure Karline, mein Herzensmädle, nun doch noch meine Schwiegertochter werden wird, – gelingt's, den Zipfelschneider umzustimmen. Aber eins verlang ich: was geschehen soll, muß bald geschehen! Bring ich meinen Schwager zum Nachgeben, so muß gleich heute noch die Geschichte im Amt fest und fertig gemacht werden. – Ist's so recht? – – Ja, zerdrückt mir nur die Hand nicht, Schulz, wartet's erst ab. – Ihr gingt am liebsten gleich selber mit? – Glaub's wohl, Schulz, und es freut mich, daß Ihr das sagt, – aber damit ist's noch nichts, Ihr müsset Euch noch gedulden. – Macht Euch immerhin einstweilen reisefertig, ich werde mich beeilen, so sehr ich kann. – Ja, und wen schicke ich doch, – ist's gelungen?«

»Ei, ist das eine Frag,« schrie der Schulz. »Schickt Euren Heiner! Hat er die Karline noch gern, ist er der geschwindeste Bote, und es ist nachher gleich alles in der Ordnung!«

In merkwürdiger Hast schüttelte Hannikel dem Schulzen und der Schulzin die Hand. »Ich will mich beeilen,« sagte er, sonst nichts, damit war er verschwunden.

Aber nicht aus der Welt, nicht einmal aus dem Haus, in der Küche stand er bei einem zitternden, weinenden Mädchen, wischte sich selbst die Augen und sagte leise: »Mein lieb's gut's Mädle! – Soweit wäre alles wohl geraten; kommt kein Unfall dazwischen, bist du noch heut Braut!«

*

Auf der Höhe des Windsberg-Buchbacher Steiges stand ein Mädchen im sonntäglichen Putz; ihre Röcke flatterten im Wind, ihre seidene Schürze knatterte und rauschte. Die rechte Hand hatte sie zum Schutz gegen die blendenden Sonnenstrahlen wie einen Schirm an die Stirn gelegt, scharf blickte sie hinab in das Tal, – jetzt färbte höheres Rot ihre Wangen, ein heller Jauchzer entquoll ihren Lippen, hastig hob sie die linke Hand und wehte mit ihrem weißen Tüchlein grüßend hinab. Wie zur Antwort klang fröhliche Musik herauf. Doch war es die Musik wohl kaum, die das glückliche Lächeln auf ihre frischen Lippen und zugleich einen feuchten Tau in ihre süßen blauen Augen lockte, was ihren Busen immer stürmischer heben und senken ließ. Jetzt tönte auch aus dem Wald, unfern zu ihren Füßen, ein heller, klingender Jubelschrei, wenige Minuten noch, und Karline lag schluchzend am Hals ihres Geliebten. Wortlos hielten sie sich umschlungen, sie hatten sich nichts zu gestehen, zu geloben, zu sagen; auch war das Glück dieses Augenblicks nach allen vorausgegangenen Stürmen zu groß, zu überwältigend, um Worte zu gestatten. Endlich flüsterte Heiner: »Zu den Eltern, Karline, zu den Eltern! Ihre Not soll enden, sie sollen sich unseres Glückes erfreuen, mich drängt es, den Vater um Verzeihung zu bitten!« Karoline drückte still weinend den Geliebten fester an sich.

Hand in Hand betrat das stattliche Paar den Schulzenhof. Türk, der Hofhund, krümmte sich an seiner Kette, vor Freude winselnd; Hansmichel kam herbei, wünschte herzlich Glück und meinte lachend: »Als ich mir vor zwei Jahren an der Leiter da fast das Hirn einrannte, hätte ich nicht gedacht, daß die Geschichte solchen Ausgang nehmen würde. Aber 's ist schon recht so, und ich gönn Euch die Freude von Herzen!«

»Potz Velten und Bastel, ich bin der Schulz von Windsberg, ein Mann und bedeut was! – Habt ihr mich und die Mutter ganz vergessen?« lärmte der Schulz am Treppenrand. »Kommt rauf und sagt: ist's in Ordnung?«

»Einen, – nein hundert, tausend Grüße von meinem Paten,« rief Heiner, eilte die Treppe hinauf und schüttelte Vater und Mutter die Hand. »Alles ist in Richtung und Ordnung! Meine Patenleute sind ganz glückselig, mein Pate hat sich gleich auf den Weg ins Amt gemacht, in Schottendorf erwartet er Euch!«

»Ich sag's ja, der Zipfelschneider ist ein Mann und bedeut't was, trotz einem Schulzen,« sagte der Schulz heftig, um seine Rührung zu bemeistern. »Der Herrgott sei gelobt und gepriesen! Alte, hol mir gleich meine Pudelkappe und meinen Stecken, mein Kriegskamerad soll nicht auf mich warten!«

»Noch eins, Schwieger,« sagte Heiner, indem eine tiefe Röte in sein Gesicht stieg. »Ihr waret mir von jeher zugetan, habt mir nichts als Guttat erzeigt, solang ich mich besinnen kann, – schlecht dankte ich Euch! – Schwieger, und wenn ich hundert Jahr alt werd, den einen Tag vergeß ich nie, niemals werd ich aufhören zu bereuen, was ich damals getan. – Ich entschuldige mich nicht, aber von Herzen bitt ich: verzeiht und vergeßt die Schmach, die ich Euch angetan! Vor Gott gelob ich's: an Eurem Kind, der Karline, will ich gut machen, was ich dort verdorben.«

Die Frauen weinten, der Schulze schüttelte Heiners Hand und schrie: »Potz Velten und Bastel, ich sag's ja, ich bin der Schulz von Windsberg, ein Mann und bedeut was! – Ich hätte nichts gesagt, Heiner, denn jenes Tages darf ich mich nicht rühmen, aber schwer auf dem Herzen gelegen hätte mir die Geschichte doch. Aber nun ist's gut, in Wahrheit alles, alles gut! – Ich sag's: einen bessern Schwiegersohn wollt ich mir nicht wünschen, ich hab in den zwei Jahren Respekt vor dir kriegt, Heiner, und weiß, meine Karline ist bei dir gut aufgehoben! Und sie verdient's, daß ihr's gut geht, Heiner, 's ist ein Rackermädle, sag ich dir, ein Rackermädle! Eine Kuraschiertheit und Schneid hat sie an sich. Du wirst's schon auch noch spüren! Ja, ich sag's, man merkt's gleich, ihr Vater ist ein Mann und bedeut't was! – – So! – Hansmichel, gleich mach dich auf die Bein und bestelle die Windsberger, Grumbacher und Lindenbrunner Nachbarn auf heut abend nach Buchbach. Sag, 's dürft keiner daheim bleiben, ihre Weiber und Kinder sollten sie auch mitbringen, wir feierten heut abend das Friedensfest und die Freierei meiner Karline mit dem Schneidersheiner, – alle wären meine Gäst! – So lauf! – Was wird's aber mit dir, Alte?«

»Geh, du alter Narr,« lachte sie unter Tränen und packte Butter, Käse, Wurst und Schinken, Kaffee und Zucker in ihren Korb. »Ich bin da, wo ich hingehöre, bei der alten Schwieger in Buchbach! –

Mach, daß du fortkommst, sei vernünftig und verfalle nicht wieder auf dumme Streiche!«

*

Eine bunte, fröhliche Menschenmenge wimmelte in Buchbach, dem sonst so stillen, einsamen Dörfchen, durcheinander. Längst reichten die Räume des Wirtshauses nicht mehr aus, die Gäste zu fassen; in den Hausgärten, unter schattigen Obstbäumen, richteten sich die fröhlichen Menschen ein, so gut es ging; wer gar keinen Sitz erlangen konnte, legte sich ins Gras und kam dabei gewiß nicht schlecht weg. Und noch immer vermehrten neue Ankömmlinge die Menge, alle Wege waren bedeckt mit Fußgängern; Lindenbrunn, Grumbach und Windsberg schienen auf der Wanderschaft nach Buchbach begriffen.

Und so war es auch. Der Engel des Friedens hielt wieder schirmend seine Palme über die verfeindeten Täler, vor seinem milden Lächeln waren alle bösen Geister des Zornes und Hasses entflohen. Sanftere Empfindungen bewegten wieder die Herzen, die alte Freundschaft und Liebe brach hervor.

Eine eigenartige, unbeschreibliche Bewegung ging durch die Menge. Die Wangen glühten vor Lust, heiter lächelte der Mund, gar wundersam glänzten und leuchteten die Augen. Das Händeschütteln und Bewillkommnen nahm gar kein Ende, Umarmungen sogar waren nicht selten, Freudenrufe erfüllten die Luft, Dank- und Freudentränen, heimlich und öffentlich geweint, fielen auf wiedervereinigte Hände, die sich nicht lassen konnten, oder netzten Blumensträußchen an hochwogenden Busen. Rastlos war die Menge in Bewegung, ruhelos wimmelte alles durcheinander, und freundlich glänzte die Sonne auf den freudeverklärten Gesichtern, den Blumen im Haar, den rauschenden, farbenprächtigen Gewändern und Bändern. Der höchste Staat war heute von allen hervorgesucht und angelegt worden, denn es galt, die Wiederkehr des Friedens, der Eintracht und Ordnung zu feiern.

Die Bursche und Jungfrauen waren eifrig bemüht, das Zipfelschneidershaus zu schmücken. Fichtenbüsche, mit wehenden Bändern und Wimpeln geschmückt, wurden aufgerichtet, Wände und Vorbau mit grünen Tannenästen dekoriert. In anmutigen Wellenlinien schlangen sich Guirlanden um das Haus, krönten die Eingänge und Fenster, schwangen sich von Säule zu Säule, von Busch zu Busch als duftende Ketten, verwandelten jeglichen Durchgang zur Ehrenpforte.

Schon verlängerten sich die Schatten, ein rosiger Hauch lag auf den ernsten Formen des nahen Gebirges, und die Schwalben segelten in sausender Flucht jauchzend durch die Luft. Eine unruhige Erwartung lag auf der Menge, die sich um das Wirtshaus drängte, zwanglos zu einem Festzug ordnete; mit ungeduldiger Spannung blickten hundert Augen nach dem einsamen Mann droben auf der Schottendorfer Höhe, der in einem Glutmeer zu schwimmen schien, von einem Strahlenglanz umblitzt ward. Jetzt hob er den Arm, legte die Hand als Schirm gegen die Sonnenstrahlen an die Stirne; jetzt gibt er das verabredete Zeichen und eilt den Berg herab in das Dorf zurück. »Sie kommen, sie kommen,« klingt es jubelnd von Mund zu Mund. Aus den bekränzten Fenstern des Schneidershäuschens blickten Annekunnel und die Schulzin, die zu bewegt waren, sich dem Zug anzuschließen, auf das bunte Gewimmel zu ihren Füßen. Bald hatte sich der Zug geordnet. Voraus schritt der Buchbacher Schultheiß im hohen schwarzen Hut und langen Kirchenrock, zwei farbenleuchtende Kränze am Arm. Nach den Musikanten, von deren Instrumenten Seidenbänder wehten, kam das festlich geschmückte, bekränzte Brautpaar, geleitet vom Grumbacher und Lindenbrunner Schultheißen, die ebenfalls im Kirchenanzug gar stattlich daherkamen. Nun folgten, ebenfalls fröhlich geschmückt und bekränzt, die Jünglinge und Jungfrauen der vier Dörfer paarweise, den Zug schlossen in zwanglosen Gruppen die Männer und Frauen.

War gar ein erhebender Anblick, als sich der Festzug durch das Dorf bewegte; nicht die Festgewänder, Bänder, Blumen und Schmuck waren das Köstlichste dabei, sondern die Rührung, die herzinnige Freude, die aus aller Augen leuchtete.

Vor dem Dorf traf man auf den Schulzen und Zipfelschneider; die alten Kriegskameraden kamen Hand in Hand den Berg herab; freudiges Erstaunen glänzte aus ihren Augen, als sie den Zug, die vielen fröhlichen Menschen erblickten. Mit jauchzendem Hochruf wurden die versöhnten Gegner empfangen, die Musik ordnete sich auf der einen, das Jungvolk auf der andern Seite des Weges. Der Schulze von Buchbach wollte eben die beiden Alten begrüßen, als sich der Windsberger Schulze verfärbte. Karoline zitterte und weinte, Heiner zog sie an sich: »Nur ruhig, auch das mußte doch einmal überstanden werden!«

Karolinens Vater hatte indes den Buchbacher Schultheißen unsanft zur Seite gestoßen, faßte unter den Musikanten den Mühljohann scharf ins Auge und schrie: »Halt da! – Betrug, Hinterlist, Niedertracht! – Halt da, ich bin schmählich betrogen! Potz Velten und Bastel, ich bin der Schulz von Windsberg, ein Mann und bedeut was! – So laß ich nicht mit mir umspringen! – Gott's ein Donner auch, der Musikant da mit dem Schnauzbart war heut in meinem Haus, hat sich für einen Amtskerl ausgegeben, mein ganzes Inventarium aufgenommen, gleich als hätte ich alles verspielt und das Amt wollt sich wegen der Gerichtskosten sicherstellen! Da soll doch ein Himmeldonner! So was ist ja ganz und gar unerhört! – Aber gedenken will ich euch die Angst, die ihr mir eingejagt, teuer soll euch der Witz zu stehen kommen. Und aus ist's mit dem ganzen Kram, den Vergleich stoße ich um, zwei, – drei Advokaten nehme ich an, jetzt will ich sehen, ob ich den Prozeß nicht doch noch durchsetze!«

Die Freude war gestört, Staunen, Schrecken malte sich auf allen Gesichtern, angstvoll eilten die Versammelten durcheinander, und der Bergkasper meinte kleinlaut: »So ist's jecht, – nun wird das Pjügeln von vorn angehen!«

Der Schulz wetterte und fluchte im steigenden Zorn fort, verlangte auch von den Windsbergern und Grumbachern, sie sollten sich sofort von den alten Feinden trennen, der Schimpf treffe sie alle mit, das dürften sie sich nun und nimmer gefallen lassen. Allein sein Grumbacher Kollege sagte mit steigendem Verdruß: »Einmal hast du uns zu Narren gemacht, zum zweitenmal soll dir's nicht gelingen, – willst du dich von deiner Verrücktheit nicht los machen, so führ sie allein durch. Wir haben zu eigenem Schaden, zu großer Unehr jahrelang treu zu dir gestanden, – jetzt ist Gelegenheit da, mit Ehren Frieden zu schließen, der wüsten Unordnung ein Ende zu machen, – weisest du auch diese Gelegenheit bloß deines tollen Trotzes, deines dummen Eigensinnes willen ab, so sind wir geschiedene Leute, haben nichts mehr miteinander zu schaffen!«

Lauter Beifall der Windsberger und Grumbacher machte den Wilden stutzig. Ehe er erwidern konnte, fuhr sein Kollege fort: »Sieh, deinetwillen stehe ich im schwarzen Hut und langen Kirchenrock am Werkeltage auf der Landstraße, – machst du mich nun heute wieder zum Spott und Gelächter, hat auch meine Geduld ein Ende. Brauchst mich dann nimmer Gevatter zu heißen, mein Haus nimmer zu betreten!«

Der also Bedrohte schnappte nach Luft, plötzlich brach er los: »Auch deiner lach ich, und nach den Grumbachern und Windsbergern frage ich nicht so viel! Ich bin der Schulz von Windsberg, ein Mann und bedeut was, ich! Euch allen zum Trotz, nun grad erst recht tu ich, was ich will!«

»Halt, ihr Nachbarn und Freunde, nur stet, keine Übereilung,« sagte der Zimmerdick beschwichtigend, als drohendes Murren sich erhob. »Hört mich an, Schulz! Denkt daran, wie Ihr nun fast vor drei Jahren beim Umsingen im Windsberger Wirtshaus sagtet: Ihr wolltet weiter nichts, als die Musikanten probierten auch bei Euch einmal einen Streich! – Das war Euch unvergessen, nehmt die Geschichte denn auch für einen Musikantenstreich! – Nur nicht aufgefahren! – Laßt mich ausreden! – Ja, wir haben zur List unsere Zuflucht genommen, um Euch zu einem Vergleich zu bringen! Die Männer hier werden's bezeugen, wie schwer uns das geworden ist; und hätten wir nur irgend denken können, Euch sei auf andere Weise beizukommen, wir hätten das nicht getan! – Schulz, wie oft schon ist Euch gesagt worden, wohin Euch Eure unsinnige Prozeßsucht führen würde, – nie hörtet Ihr darauf. So griffen wir der Zukunft vor und zeigten Euch gleich mit der Tat, welches Ende es mit Euch nehmen müsse! Statt zu lärmen und zu toben, solltet Ihr uns dankbar sein. Seid Ihr Eurer Sache so sehr gewiß, – ei, warum erschrakt Ihr so arg, als Euch die Möglichkeit gezeigt ward, Ihr könntet verlieren? Seht, Schulz, das war das böse Gewissen, was Euch so ängstete und plagte, nicht der Mühljohann dort mit seiner Verkleidung. Hattet Ihr nur halbweg Eure Gedanken beisammen, hättet Ihr der ganzen Geschichte auf den Grund kommen müssen. Jetzt seid vernünftig, macht nicht abermalen unsere guten Absichten zu Schanden! Kommt, seid vergnügt, daß Ihr die Last mit dem Prozeß los seid, und verlangt inskünftige nicht wieder, daß Euch die Musikanten einen Streich spielen sollen!«

Der Schultheiß schaute verblüfft drein; das drohende Murren aller seiner früheren Anhänger hatte ihn erschreckt. Die Möglichkeit dämmerte in ihm auf, daß er wirklich in Zukunft ganz allein stehen

könne, – der Beifall, mit dem des Zimmerdicks Rede allerseits aufgenommen ward, bestätigte seine Befürchtung, machte sie zur Gewißheit. – Sollten der Zimmerdick, der Schneidershannikel, alle, die
ihm zum Nachgeben geraten, sollten die Herren vom Amt, die ihn
so oft gewarnt, doch recht behalten? Stand es am Ende dennoch in
Wahrheit so schlimm um ihn, da sich niemand zu seinem Beistand
erhob? – Er ward schwankend! – Aber sollte er jetzt nachgeben,
nachdem er erst so aufbegehrt, nachdem er mit so großen Dingen
gedroht, demütig zu Kreuz kriechen? Nein, das ging nicht, nun und
nimmermehr! Er war der Schulze von Windsberg, so durfte er sich
nicht wegwerfen; lieber auch den letzten Heller mußte er daran
setzen, als sich hier vor allen Leuten erniedrigen lassen. Im neu
aufflammenden Zorn schrie er: »Potz Velten und Bastel, seid Ihr
endlich fertig? Ich hust Euch auf Eure Weisheit, die hab ich mir
schon lang an den Schuhsohlen abgelaufen! Eintränken will ich
Euch den Spaß, Ihr sollt Euer Lebtag an den Windsberger Schulzen
denken. – Karline, was stehst du da und heulst? Weg von dem Heiner, her zu mir, allsogleich zu mir, verstanden? Jeglicher Umgang
mit dem Schneidersgesindel hat ein End für immer und ewig! – Her
gehst du, hast mich verstanden? – Soll ich Gewalt brauchen?«

Das Murren der Versammelten schwoll zu dumpfem Brausen an,
als der Schulze wirklich seine Tochter vom Schneidersheiner weg-
reißen wollte. Karoline hielt Heiner zurück, trat mutvoll einen
Schritt dem Vater entgegen und sagte: »Rührt mich nicht an, Vater!
Bis heute war ich Euch in allen Stücken gehorsam, jetzt hat Eure
Gewalt über mich ein Ende. Ich bin Euer Kind, eben darum habt Ihr
nicht das Recht, mich zu verhandeln nach Eurer Laune, heute hier-
hin, morgen wo andershin. Vor wenig Stunden erst habt Ihr mich
selber mit dem Schneidersheiner versprochen, mit Eurer Einwilligung habe ich mich ihm angelobt, – nun, weil es Euch nimmer paßt,
soll das nichts gelten? – Nein, so geht das nicht! Was ich mit Eurem
Willen dem Heiner gelobt, hat der Herrgott gehört, vor ihm gilt
mein Wort, und kein Mensch kann's aufheben. Ich gehör dem Heiner und bleib dem Heiner, und was ich den Zipfelschneidersleuten
versprochen, das werd ich auch halten! – Gott im Himmel weiß, wie
mir's ins Herz schneidet, daß ich Euch so entgegnen muß, aber ich
kann nicht anders. Ich müßte mir's zur großen Sünde anrechnen,
wollte ich Euch durch Nachgeben in Eurem Sinn bestärken und

vielleicht zu großem Unrecht verleiten! Ich habe Euch so oft gewarnt, gebeten: laßt ab von Eurem Tun, suchet Frieden und Versöhnung mit Euren Nachbarn! – Ich kann nicht mehr. Tut jetzt, was Ihr wollt, vollführt Eure friedlosen Gedanken, ich rede nicht darein, nur mich laßt außer dem Spiel, nur auf mich rechnet dabei nicht. Ich gehöre ins Zipfelschneidershaus, da ist jetzt meine Heimat, da bleibe ich, mag kommen, was will!« Ihre Wangen glühten, unwillkürlich hatte sie sich höher aufgerichtet, – ein herrlicher Anblick, wie das schöne Mädchen so begeistert ihre Liebe verteidigte! Atemlos lauschte auch die Menge, aller Augen hingen bewundernd an dem Mädchen. Plötzlich schwand ihre Erregung; sie sank in sich zusammen, ein Tränenstrom stürzte aus ihren Augen, die Hände ringend rief sie im schneidenden Jammer: »Ach, – meine Mutter! Meine Mutter! Meine armen, armen Geschwister!«

Lautloses Schweigen lag auf der erschrockenen Menge, nur da und dort hörte man leises Schluchzen. Auch der Schulze war sehr bleich geworden, unwillkürlich einen Schritt zurückgetreten; unstet, ängstlich, wie nach einem Halt suchend, irrten seine Augen umher. Heiner suchte vergebens die immer heftiger Weinende zu beruhigen, da trat der Zipfelschneider zu ihr, legte ihr seine Hand auf den Kopf und sagte: »Bist ein wackeres, braves Mädle, Karline! – Ja, in dir hab ich mich nicht betrogen! Sei nicht so ganz außer dir, Kind! Deine Reden hat unser Herrgott gehört, und im Himmel muß darüber Freude sein! – Ja, du bist mein lieb, lieb Mädle, mein Herzenskind! – Beruhige dich, es wird noch alles gut werden! – Dir, Schulz, sage ich hiermit ein für allemal: du magst den Vergleich umstoßen, so oft du willst, – von meiner Seite bleibt er bestehen. Da, – deine Karline und mein Heiner sind meine Kinder und sollen's bleiben, all mein Hab und Gut gehört ihnen. Kannst du's nun vor Gott und deinem Gewissen verantworten, – streite mit deinen Kindern, wir sind fertig mit'nander! – Es weiß der liebe Gott, wie schwer mir die Verwirrung aufgelegen, wie ich mein Unrecht bereut, wie ich mich nach Aussöhnung mit dir gesehnt. Fern sei es von mir, mich in neuen Hader zu stürzen; ich bin ein alter Mann und will in Frieden sterben! Wie du dich auch zu mir stellst, ich laß mich nicht wieder erbittern, du bist und bleibst mein herzlieber Freund und Kriegskamerad!« – Hastig beschwichtigte er das laute Lob der Umstehenden, trat einen Schritt näher zu dem Schulzen, in dessen Gesicht es sonderbar zuckte und arbeitete und sagte herzlich: »Und ich weiß, im Grund deines Herzens bist du grade so gesinnt wie ich, – werd ich doch meinen alten Kriegskameraden kennen! – Kann dir's selber nicht verdenken, wenn dir die Galle ins Blut geschossen ist, der Spaß war ein bißle allzustark. Mir wär's an deiner Stelle grade so gegangen – –«

»Gottfried, – gelt, das sagst du auch?« unterbrach ihn der Schulz schluchzend und wischte mit den Jackenärmeln die immer wieder quellenden Tränen weg. »Das Rackerzeug da, die Musikanten da, – Gottfried, sag selber, ist's nicht sündlich, so mit einem Mann umzugehen, der Schulz von Windsberg ist und was bedeutet?«

»Freilich, freilich,« sagte Gottfried, zog die noch immer nach den verblüfften Musikanten drohende Faust des Schulzen in seine Hand und öffnete sie sanft. »Aber, lieber Gott, 's sind eben einmal Musikanten, du weißt ja selber, was das besagt! – Und 's war ja auch gar nicht so ernstlich gemeint von dir. Hätte man dir Zeit gelassen, dich zu besinnen, 's wäre anders gekommen. Aber so stürzte alles zugleich auf dich ein, das hat dich verwirrt und desperat gemacht!«

»Gottfried, Gottfried, – du bist wahrhaftig ein Mann und bedeutst was,« sagte der Schulz leise und legte sein Gesicht auf die Schulter des selbst tief bewegten Freundes. Plötzlich richtete er sich auf und rief: »Ihr Nachbarn und Freunde, vergeßt meine Wildheit, – ich war ein Narr, seh's selber ein! Ich dank Euch, Gevatter Schulz, Euch, Zimmerdick, besonders aber dir, Karline, und dir, Gottfried, – daß ihr mir mannhaft widerstanden habt. Nun ist's vorbei mit der Torheit, vorbei für immer. – Potz Velten und Bastel! Wo ist der Mühljohann, der Millionenracker? Hast deine Sach gut gemacht und an einem Trinkgeld soll dir's nicht fehlen, – verbitt mir aber für alle Zukunft jegliche Musikantenstreiche! Potz Velten und Bastel, – bist ein Racker, Johann! Den Kopf hätte ich mir abschneiden lassen, das ist ein richtiger Amtskerl! – Wo hast du nur die Gelehrsamkeit und das großartige Wesen her?«

»'s Röckle und die Brill'n vom Schulmeister,« schmunzelte Johann geschmeichelt. »Die Grobheit und's Übrige habe ich den Feldwebeln abgeguckt!«

Ein fröhliches, befreiendes Gelächter erfüllte die Luft. Die endlich eintretende Stille benutzte der Schulz, gab seiner Tochter die Hand und sagte weich: »Karline, verzeih mir! – Ja, mein Gottfried hat recht, du bist ein wackeres, braves Mädle, – Gott segne dich! – Heiner, halte sie gut!« – Danach schüttelte er dem Zipfelschneider die Hand. »Gott sei tausend, tausend Dank! – Wie ist mir jetzt so wohl, so leicht! Und das dank ich dir, Gottfried, – potz Velten und Bastel, trotz einem Schulzen bist du ein Mann und bedeutest was!«

Gottfried drückte dem versöhnten Freunde herzlich die Hand, schüttelte leise das ehrwürdige Haupt und lächelte: »Früher habe ich das wohl selber geglaubt, – damit ist's lang, lang vorbei! – Aber du, – du bist in Wahrheit ein Mann, der in die Welt paßt!«

Als des Schulzen Gesicht vor Vergnügen leuchtete, er sich unwillkürlich höher aufrichtete, schmunzelte der Bergkasper: »Na, – so ist's jecht! – Endlich wird der Kjam authientisch!«

Auf einen Wink der Lindenbrunner und Grumbacher Schultheißen trat das Buchbacher Dorfoberhaupt mit seinen beiden Kränzen nochmals vor die beiden Freunde, die sich nun willig schmücken ließen, und brachte ein Hoch auf den Schulzen und den Zipfelschneider aus, in das alle Anwesenden jubelnd einstimmten. Rasch ordnete sich der Zug und kehrte unter den Klängen der Musik ins Dorf zurück.

Glückselig blickten sich die alten Freunde in die Augen; einmal neigte sich der Schulze zum Zipfelschneider und sagte: »Ist's dein Ernst, daß ich ein Mann bin, der in die Welt paßt? – Potz Velten und Bastel! – Hm, Grund hat das schon, ich leugne das nicht! – Sieh, meine Karline hat eine Kuraschiertheit und eine Schneid an sich, – schon daraus geht klärlich hervor, daß ihr Vater was bedeuten muß! – Meinst nicht auch?« Der Zipfelschneider nickte bestätigend und vollendete dadurch das Glück des Schulzen.

Vom Glück des Brautpaars, von den Freudentränen der Schulzin und Annekunnel reden wir nicht.

Das Friedensfest verlief heiter und schön, kein Zwischenfall störte mehr die Freude. Noch vor Sonnenuntergang rollten zwei Kutschen in das Dorf; ein großes Aufsehen entstand, als der Oberamtmann und der Schottendorfer Amtmann ausstiegen, in herzlicher, aufrichtiger Weise ihre Freude an der so unerwarteten Aussöhnung kund gaben, zwanglos das Vergnügen des Festes teilten, die Lust durch

Laune und Heiterkeit mehrten statt störten. Der Schulze von Windsberg besonders war glücklich über diese »Ehre«, und als die Herren gar noch die Einladung auf die Hochzeit seiner Tochter mit aufrichtiger Freude annahmen, schwamm er in einem Meer von Seligkeit.

Die Polizeistunde war lange, lange vorüber, als die Herren endlich aufbrachen. Beim Abschied sagte der Oberamtmann: »Bei aller Freude über die glückliche Beilegung des langen, verderblichen Streites kann ich mich der Empfindung einer gewissen Demütigung nicht erwehren. Was wir mit dem Aufwand aller Kräfte und Mittel, welche der Staat uns zur Verfügung stellte, nicht erreichten, das macht sich ganz von selbst, sobald das Volk selbst die Sache ernstlich in die Hand nimmt! – Verehrter Freund, lassen wir uns das eine Lehre sein! – Wir sprechen wohl noch weiter darüber, – gute Nacht!«

Erst am Morgen trennten sich die versöhnten Gegner; jeder Dorfschaft gaben die Musikanten ein Stück Weges das Geleit, – und so endete, wie er begonnen, mit Musik – der Dorfkrieg.

*

Über tredition

Eigenes Buch veröffentlichen

tredition wurde 2006 in Hamburg gegründet und hat seither mehrere tausend Buchtitel veröffentlicht. Autoren veröffentlichen in wenigen leichten Schritten gedruckte Bücher, e-Books und audio-Books. tredition hat das Ziel, die beste und fairste Veröffentlichungsmöglichkeit für Autoren zu bieten.

tredition wurde mit der Erkenntnis gegründet, dass nur etwa jedes 200. bei Verlagen eingereichte Manuskript veröffentlicht wird. Dabei hat jedes Buch seinen Markt, also seine Leser. tredition sorgt dafür, dass für jedes Buch die Leserschaft auch erreicht wird.

Im einzigartigen Literatur-Netzwerk von tredition bieten zahlreiche Literatur-Partner (das sind Lektoren, Übersetzer, Hörbuchsprecher und Illustratoren) ihre Dienstleistung an, um Manuskripte zu verbessern oder die Vielfalt zu erhöhen. Autoren vereinbaren direkt mit den Literatur-Partnern die Konditionen ihrer Zusammenarbeit und partizipieren gemeinsam am Erfolg des Buches.

Das gesamte Verlagsprogramm von tredition ist bei allen stationären Buchhandlungen und Online-Buchhändlern wie z. B. Amazon erhältlich. e-Books stehen bei den führenden Online-Portalen (z. B. iBookstore von Apple oder Kindle von Amazon) zum Verkauf.

Einfach leicht ein Buch veröffentlichen: **www.tredition.de**

Eigene Buchreihe oder eigenen Verlag gründen

Seit 2009 bietet tredition sein Verlagskonzept auch als sogenanntes "White-Label" an. Das bedeutet, dass andere Unternehmen, Institutionen und Personen risikofrei und unkompliziert selbst zum Herausgeber von Büchern und Buchreihen unter eigener Marke werden können. tredition übernimmt dabei das komplette Herstellungs- und Distributionsrisiko.

Zahlreiche Zeitschriften-, Zeitungs- und Buchverlage, Universitäten, Forschungseinrichtungen u.v.m. nutzen diese Dienstleistung von tredition, um unter eigener Marke ohne Risiko Bücher zu verlegen.

Alle Informationen im Internet: **www.tredition.de/fuer-verlage**

tredition wurde mit mehreren Innovationspreisen ausgezeichnet, u. a. mit dem Webfuture Award und dem Innovationspreis der Buch Digitale.

tredition ist Mitglied im Börsenverein des Deutschen Buchhandels.

Dieses Werk elektronisch lesen

Dieses Werk ist Teil der Gutenberg-DE Edition DVD. Diese enthält das komplette Archiv des Projekt Gutenberg-DE. Die DVD ist im Internet erhältlich auf **http://gutenbergshop.abc.de**

Zeitfracht Medien GmbH
Ferdinand-Jühlke-Straße 7
99095 Erfurt, Deutschland
produktsicherheit@kolibri360.de